De nos ombres

COLLECTION DIRIGÉE PAR JOËLLE LOSFELD

Les Éditions Joëlle Losfeld remercient particulièrement Bénédicte Giusti.

ISBN : 978-2-072-88771-0

Jean-Marc Graziani

De nos ombres

Roman

ÉDITIONS JOËLLE LOSFELD

Aux miens.

Et à ceux qui, par quelques mots,
probablement anodins pour eux, hier ou il y a vingt ans,
ont rendu ce livre possible.

Quand j'y repense, il n'en reste pas moins que j'avais commencé d'écrire, et cela pour fixer les « secrets » que j'aurais pu oublier. Et même plus que pour les fixer, pour les susciter, pour provoquer des secrets à écrire.

LOUIS ARAGON,
Je n'ai jamais appris à écrire ou Les incipit

Bastia, septembre 2018.

Cinquante mots pour décrire l'état de la neige. Irais-je vers ces contrées polaires, mettrais-je mes pieds dans leurs bottes, mes mains dans leurs gants, coucherais-je dans leurs peaux de phoque, qu'eux et moi ne partagerions toujours pas le même univers. Ils savent les routes du grand froid, connaissent les chemins de l'hiver, quand je ne vois qu'un blizzard blanc. Sûrement ne verront-ils qu'un foutu brouillard, ceux qui me liront, que des ombres, des formes diffuses dans un vent de neige, un vent de cendres...

Chaque fois elle me ramène à un endroit perdu où elle n'a rien à faire, l'histoire que je veux écrire. Une plage, où je vois les miens attablés et qui me regardent comme s'ils attendaient de moi quelque chose. J'ai beau fermer les yeux pour les faire disparaître, quand je les rouvre, le flou de l'éblouissement passé, ils sont encore là, à m'attendre.

Cette histoire n'a rien à voir avec eux, et pourtant je reviens. Elle n'a rien à voir avec eux mais, si je m'éloigne pour la suivre, je les vois hausser les épaules, souriants mais déçus... Faut-il qu'elle passe par eux pour être racontée, qu'elle trouve à leur contact assez de vérité pour affronter la route ? Doit-elle débuter sur cette plage, par ce garçon qui me regarde ? Deux histoires ; deux histoires qui n'en feraient qu'une...

1

Joseph

Plage — Bastia, 1954

L'*Isula*[1], nous n'avions pas le droit d'aller plus loin, c'était la dernière limite. À une vingtaine de mètres du bord, le rocher aux flancs saillants déchirait la surface de l'eau. Même si nous étions bons nageurs, jamais nous ne nous risquions à nous aventurer derrière, non que nous eussions peur du fond, mais par crainte que mémé Fontana ne nous observe à la jumelle, depuis le cabanon, en train de braver l'interdit. Auquel cas, un coup de sifflet aurait figé toute forme de vie dans les deux cents mètres à la ronde, puis, d'un geste du bras, elle nous aurait intimé l'ordre de revenir et c'en aurait été fini de la baignade pour le reste de la journée : condamnés à repasser notre algèbre tandis que nos camarades s'amusaient dans les vagues.

Mammò[2] – nous l'appelions ainsi quand nous parlions d'elle, son prénom remisé dans le fond d'un tiroir sous les photos jaunies de sa fille morte en couches – n'était pas notre grand-mère mais notre arrière-grand-mère maternelle, une

1. L'Île.
2. Diminutif de « *mammona* » : grand-mère.

ombre lumineuse qui planait sur nos vies ; elle était, comme on dit trop souvent, « sévère mais juste », jamais brusque, jamais colérique, son autorité naturelle ne s'accommodant pas de vociférations mais s'installant au contraire comme une douce magie, par son usage maîtrisé du silence, de la pause dramatique, et toujours du soupir ; une silhouette noire, longue et fine, tranchant sur le blanc des galets sur lesquels elle paraissait glisser quand les autres dodelinaient péniblement comme des albatros. Aussi loin que mes souvenirs remontent, elle m'a toujours semblé ainsi, comme en lévitation, flottant négligemment quelques centimètres au-dessus du sol et en même temps si massive, notre univers entier agrégé par sa seule présence. Jamais elle ne nous touchait, c'est à peine si elle tendait la joue pour que nous l'embrassions le matin, comme si ses lèvres, nous effleurant par inadvertance, avaient pu nous brûler ; mais la chaleur de son regard suffisait à nous réchauffer. Souvent je restais dans l'eau, allongé à un mètre du bord, à la regarder s'affairer. Il y avait dans sa mécanique, dans son économie de gestes et, plus encore, de paroles, comme une logique insoupçonnée et pourtant efficiente, relevant moins des choses terrestres que des affaires célestes, de la gravitation des corps, de ces chorégraphies secrètes qui président aux équilibres invisibles ; un magnétisme discret que je n'ai retrouvé que plus tard, dans un autre pays, quand une femme tout aussi fascinante a fait d'une simple tasse de thé le centre de mon univers. Mais pour l'heure, sur la plage, comme prévenue par quelque sixième sens qu'un regard s'attardait sur elle, le visage de Mammò affichait un semblant de sourire, et, à mi-voix, elle disait : « *T'aghju vistu u mo figliolu. Vai è nuta*[1] ! »

1. « Je t'ai vu mon fils, va nager ! »

Alors, je me laissais glisser sous l'eau jusqu'à ce que mes poumons explosent, déçu une fois de plus qu'elle m'ait découvert, mais plus heureux encore de cet instant d'intimité, de ce jeu qui n'appartenait qu'à nous. À l'époque, j'étais certain d'être son préféré. J'en retirais une immense fierté. Pourtant, avec le temps, j'acquis la certitude que la magie de mon arrière-grand-mère, son pouvoir sur le monde, prenait sa source en ce charme précis, dans cette capacité à insuffler dans le cœur de chacun l'incommensurable orgueil qu'elle le préférait aux autres, et que l'intégralité du cosmos ne tenait en place que par son égal éloignement de toute chose.

Il était onze heures passées, les oncles allaient rentrer de la pêche. Nos journées de plage étaient ainsi rythmées par une partition d'habitudes. Maman nous réveillait vers neuf heures, puis direction la cuisine où nous trempions des croûtons de la veille dans un bol de café au lait. Les paniers de victuailles étaient déjà prêts sur le sol, sauf pour le pain que nous achetions au passage chez Catherine et la viande chez les frères Battesti. Ma sœur et moi dévalions ensuite l'escalier en courant pour donner à tous le signal du rassemblement ; des marches inégales et tordues que le temps et les semelles avaient consciencieusement érodées et dont je me demande encore si elles ont été neuves un jour. Puis, quand les derniers retardataires, sous les reproches affectueux des autres, rejoignaient le groupe, c'est en véritable procession que nous descendions jusqu'à la plage, les jeunes partant en éclaireurs.

À vol d'oiseau, trente mètres à peine séparaient notre rue de la mer, à cela près qu'ils étaient abrupts, rocailleux et recouverts d'une végétation inhospitalière. Un escalier y avait bien été construit, coupant la pente d'une longue diagonale, mais il menait à Ficaghjola quand notre cabanon se trouvait plus au nord, sous la citadelle. Pour le rejoindre, nous devions aller jusqu'à la place d'Armes pour emprunter un autre escalier qui, creusé dans la terre meuble et consolidé par de simples planches tenues par des piquets, descendait en zigzaguant jusqu'au rivage. Je pense n'avoir jamais été aussi heureux que dans ces marches chaotiques et boueuses, à cette heure matinale où le soleil commençait à réchauffer la végétation, l'air chargé du parfum des figuiers en fruit, anticipant le rire des miens, la liberté de la nage et le goût du pain frais.

À peine arrivés, Jacky et moi sortions tables et chaises pour les installer sous la tonnelle pendant que maman et les tantes rangeaient les courses et s'attelaient aux préparatifs du repas. Cette tâche accomplie, nous courions retrouver nos camarades et les saluions comme si nos adieux ne dataient pas de la veille ici même, mais d'il y a dix ans à l'autre bout de la terre.

Autant que ces moments-là, je regrette mon corps de l'époque, ce corps souple qui semblait ne jamais devoir souffrir, ce corps vif et endurant qui enchaînait courses et plongeons sans que j'aie à reprendre mon souffle et que le « Tour des Merveilles » mettait à rude épreuve. Nous avions bien d'autres jeux, mais c'était de loin notre favori, le seul qui donnait au vainqueur la dignité d'un imperator victorieux. Les « Merveilles » étaient les points remarquables de notre univers, des repères connus de tous, structurant l'espace comme notre imaginaire. La plupart étaient des rochers, disséminés sur l'une ou l'autre des plages, mais surtout à Ficaghjola qui en comptait le plus grand nombre. *U Paradisu*[1] figurait le départ : bloc de schiste à cheval sur la grève, il était vénéré comme une sainte relique pour avoir épargné un groupe de femmes qui se rendaient au lavoir le jour où il s'était détaché de la falaise. C'était le plus austral de nos amers, la frontière avec une sorte de no man's land que nous trouvions affreusement laid et qui pour nous n'existait pas vraiment puisque nous l'avions baptisé *u Tufone*[2]. Venait ensuite une série de rochers ne devant leur nom qu'à leur forme : *a Seppia*, *u Scuglione*, *a Culonna*, *a Cuchjara*...[3] Enfin l'*Isula*, notre ligne d'arrivée, arapède à fleur d'eau qui buvait la tasse à chaque vague, mais dont la possession valait titre de roi.

À peine le bateau des oncles brisait-il la rectitude des remparts, tout juste devancé par le clapotement délicieux du moteur, que nous laissions nos amis pour nager à sa rencontre. Le vieux pointu rejoint, nous nous hissions à bord avec l'aide de notre oncle François tandis que René, le plus sportif, le plus jeune aussi, coupait le moteur et s'emparait des avirons pour les ultimes manœuvres. Quelques coups de rame encore et nous nous amarrions au *Scuglione* où un ponton avait été aménagé. Maman et ma tante Anna venaient nous y accueillir d'une simple et sempiternelle question :

— Alors ?

Et invariablement l'oncle François répondait :

— Pas trop mal... Bien assez pour la soupe !

1. Le Paradis.
2. Le Trou.
3. La Sèche, le Gros Rocher, la Colonne, la Cuillère.

Ensuite, il sautait sur le ponton et filait directement à l'ombre pour prendre l'apéritif tandis que René allait s'équiper. D'un grand sac de marin, il sortait des palmes courtes, un masque, une ceinture de plomb, un tuba... Puis, mécanique bien huilée, il se tournait vers tante Hélène, sa femme, qui arrivait une fiole à la main, et disait : « Ma jouvence, s'il te plaît ! » En deux rasades, il sifflait l'intégralité du flacon qui, vide de sa potion originelle – celle du fameux abbé Soury –, débordait à présent d'eau-de-vie... Après quelques mouvements d'échauffement, il partait, palmes et harpon à la main, en direction de la mer pour une heure de chasse sous-marine. Nous étions déjà tous à table quand il revenait, l'anneau métallique à la ceinture dégoulinant de poissons si nombreux, faisant le tour complet du cercle, qu'il paraissait la couronne d'un Poséidon. C'est d'ailleurs de mauvais gré qu'il quittait l'eau, sous les cris stridents de ma tante l'implorant de rejoindre les convives afin que le repas commençât. Et tandis qu'il prenait soin de se sécher le plus méthodiquement qu'il pût pour faire enrager sa femme, Mammò, feignant de lui faire les gros yeux, lui adressait une sorte de sourire discret que tante Hélène, si elle s'en aperçût un jour, ne sut jamais déchiffrer et qui dissipait chez lui toute frustration.

Le soir venu, il régnait sur notre plage une atmosphère de perfection. Le soleil bas ne brûlait plus. Une brise marine rafraîchissait l'air et faisait osciller les fanions. Le clapotis des vagues, inaudible dans l'agitation de l'après-midi, emplissait tout l'espace et nous caressait l'âme quand déjà venait l'heure du dîner. C'est étrange mais quand je repense à ces instants, ils semblent s'écouler au ralenti ; ce n'est pas que je les imagine ainsi, c'est plutôt que tout s'y est réellement déroulé à une autre vitesse, sensiblement plus lente que le reste de la journée. Était-ce la fraîcheur revenue qui apaisait les esprits, la lassitude d'une longue journée au soleil ? Tout était plus calme, les plats passaient entre les mains des convives avec fluidité, presque sans bruit, les conversations se faisaient plus feutrées, au point d'entendre le tintement des verres, les cuillères de soupe aspirées, le craquement des croûtons sous la dent.

Ainsi s'achevait chaque journée parfaite. De celles qu'on conserve dans son cœur comme une boule à neige, miniature de vie, univers concentré dans l'espace et le temps qu'on aime à secouer au fil d'un souvenir. Mais ça, c'était avant que mon « don » ne prenne un tour plus systématique.

Cela arrivait à l'improviste. Presque chaque fois, par un chuchotement, puis, avec le temps, sous bien d'autres formes encore. Ou bien était-ce simplement moi qui, plus attentif à ses manifestations, les décelais plus précocement – avant même que les mots ne surviennent – dans le grésillement erratique d'une lampe, la vibration discrète d'un objet, l'absence d'écho d'une cave...

2

Joseph

Grenier

C'est étrange de se promener dans la maison d'un mort. Il vous semble toujours qu'un lourd secret s'y cache, entre les pages d'un livre, au plus profond d'un vase, ou derrière un tableau. Et le défunt, loin de vous décourager, vous incite à percer le mystère, comme si le salut de son âme, coincée quelque part, bloquée dans l'au-delà par je ne sais quelle formalité, exigeait qu'ici-bas le mystère fût levé. Des lettres poussiéreuses d'un amour impossible aux preuves irréfutables d'un crime crapuleux, les morts ont des secrets qu'ils ne peuvent garder. Moi, j'ai fait profession de les en délivrer. Rien ne m'échappe, j'ai l'œil à tout, et dans les vieilles demeures que tous affirment vides, fouillées cinq cents fois par mille mains voraces, je sais voir le détail que le commun ignore, la trace sur le parquet du meuble déplacé, l'épaisseur inégale d'une fausse cloison, la tirette secrète sous le rideau cachée. Je vois tout, j'entends tout, le creux des murs, les pleins des vide-ordures et les combinaisons chantées par de vieux coffres las d'attendre encore qu'un jour on les rouvrît.

C'est un don bien étrange que le mien. Je le possède depuis toujours ou presque. Quand mes camarades usaient leurs semelles dans la rue, poursuivant tour à tour le cow-boy ou l'Indien, c'est dans le grenier qu'il fallait me chercher, poussant de pleines caisses de livres poussiéreux ou de bibelots cassés, empilant boîtes à chapeaux, valises et piles de draps, pour me dégager un accès vers le fond du local, vers cet assourdissant tic-tac qui semblait résonner dans ma tête : celui d'une montre, camouflée dans le recoin d'un mur et depuis longtemps oubliée, que seul je pouvais entendre.

Nous habitions rue Saint-Joseph, au dernier étage d'un immeuble qui donnait sur la mer, et notre appartement offrait un accès direct sur les combles. En fait, nous en avions l'usage exclusif. Mon père eût préféré une cave, comme les autres voisins, pour stocker ses bouteilles, ranger son vélo et faire son bricolage. Moi, j'étais ravi d'un grenier.

Je me rappelle la première fois où nous y sommes montés, mes parents et moi, nous le pensions entièrement vide : belle erreur ! Les anciens locataires y avaient entassé les surplus d'une vie, les abandonnant au passage, strates compactes vouées à la pétrification. Ma mère, voyant cela, en fut très contrariée. Pensant trouver là-haut la place qu'il manquait ailleurs, elle s'avoua vaincue sans même livrer bataille, terrassée par cet invraisemblable capharnaüm. La première couche, qui affleurait dès la porte passée, était le fait de monsieur Paul, le dernier occupant de l'appartement, un vieux célibataire amateur d'opéra et de Tour de France. Elle était composée d'éléments de petit mobilier, de restes épars de gramophones ou d'électrophones hors d'usage, de piles de disques aux pochettes luisantes – sur lesquelles ténors transalpins et barytons ibères se disputaient les faveurs de sopranos dodues – mais surtout, d'un magistral empilement de vieux journaux sportifs relatant sprints, crevaisons ou exploits sur le Tourmalet.

Très vite, les pavillons des phonographes, récupérés au prix de savantes contorsions, devinrent les entonnoirs géants de tous mes jeux de billes, Charybdes impitoyables engloutissant mammouths et calots ayant commis l'erreur de s'approcher trop près de leurs funestes corolles ; les pochettes des disques, elles, les éléments fondamentaux de mon imaginaire topographique, tantôt empilées comme des montagnes, tantôt étalées sur le sol, telles des plaines givrées où mes armées de soldats de plomb revivaient la Berezina. Combien d'heures de jeu dans ce fabuleux labyrinthe, allongé entre les pieds de chaises, dans cette pénombre amicale lardée d'une lumière poussiéreuse ; combien de batailles incertaines, de tremplins improvisés, de billes à jamais perdues après avoir roulé trop loin, flèches maladroites égarées par-delà l'orée d'une impénétrable forêt ; combien de temps à apprivoiser la méfiance de ces objets déchus, remisés en pays de désuétude, de toutes ces choses mortes auxquelles, par la seule grâce de mes jeux d'enfant, je donnais une deuxième vie ; combien de temps avant de percevoir les mots, sans même y prendre garde ; ces mots que j'avais crus « rêvés » avant de les entendre encore, de plus en plus fort, de plus en plus souvent ; la première fois dans le grenier, à peine chuchotés ; ces mots qui firent qu'un temps je m'en détournai et retournai jouer en plein air ; dans mon lit par la suite, juste avant que le sommeil ne me fauche, me faisant douter un peu plus de leur réalité et ressassant, les yeux bien ouverts cette fois, un cauchemar que j'avais refoulé et qui s'était frayé un chemin dans les méandres de mon âme pour me hanter à plein temps ; en classe par la suite, quand la démonstration du professeur n'était plus qu'un murmure ; et, plus fort encore, comme un cri, quand je rentrais le soir et m'approchais de la maison ; ces mots qui me firent me croire fou, ces mots qu'à tous je dus taire, de peur qu'on crût que je le fusse ; ces mots si effrayants quand ils survenaient comme un souffle froid sur ma nuque en répétant :

« Ouvre-moi ! »

L'inquiétude de ma mère devant mon teint pâle et mes cernes noircis, aggravée encore par le fait que je ne gardais rien de ce qu'on me forçait à avaler, me valut une visite chez le médecin. Ce dernier, sans se risquer à un diagnostic, prescrivit le seul remède qui avait fait ses preuves face aux humeurs moroses de la génération nouvelle : l'huile de foie de morue. C'est l'amertume de cette potion tiède, coulant dans ma gorge et me retournant l'estomac, qui, plus que tout, me convainquit qu'il était temps, enfin, d'affronter mes démons. Alors, je rassemblai tout mon courage d'enfant et retournai là où j'avais entendu la voix pour la première fois, où elle m'avait semblé la plus douce, et montai au grenier en récitant un *Notre Père*.

Poussant la porte, je pus sentir comme un frémissement, le bruit d'une chose qu'on dérange et qui furtivement se calfeutre dans un bruissement de feuilles. Bien campé sur mes jambes, poings fermés, j'attendis que quelque chose se passe, retenant mon souffle, épiant le moindre bruit, le moindre mot, le moindre tout, fixant le cœur sombre de ce qui avait été mon refuge. Je ne pourrais dire combien cela dura, une heure, deux peut-être, sans que rien ne se passe. Une attente interminable où, dans le reflet d'une lampe à pétrole, je vis mes tempes blanchir et mon dos s'affaisser. Et mon appréhension s'étiolant au fil de cette veille, j'errais de nouveau dans les contrées du doute : n'avais-je pas rêvé tout cela ? N'y avait-il pas d'autres explications, plus logiques, plus rationnelles que celles que je cherchais ici ? Le saturnisme ? Les fièvres catarrhales ? Ou encore ces phénomènes qui précèdent, dit-on, les affres de l'adolescence ? Ces curieux sortilèges qui transforment les êtres dans leur chair et leur âme et par lesquels la fille mal dégrossie devient femme fatale et le rêveur discret un pensionnaire de l'asile. J'étais sur le point de rire de ma propre bêtise quand la voix, revenue, me surprit :

« Ouvre-moi ! »

Ces mots, je les entendis clairement. Mieux encore, je pus les ressentir, flottant dans l'air, effleurant mes cheveux, se cognant aux chevrons pour disparaître sous les tuiles. Tournant la tête, je scrutai l'endroit d'où ils avaient semblé jaillir : une pile de disques, anonyme et bancale, bousculée mille fois et éparpillée sans égards quand, utilisée comme un énième ressort dramatique, elle avait figuré une avalanche ou un tsunami.

Je m'approchai lentement et m'accroupis près d'elle, une main sur le plancher, l'autre sur les pochettes. Au sommet, je trouvai *Les Pêcheurs de perles*, opéra de Bizet, chanté par Caruso. Dessous, Wagner, *Tannhäuser* et *L'Or du Rhin*, puis Donizetti, *L'Elisir d'amore*, et le *Faust* de Gounod. Plus bas encore, vint un disque anonyme, empaqueté dans une enveloppe sombre, et là, je réalisai ma bévue. Tant de temps passé ici avant que la voix ne me chasse, jouant avec les pochettes de disques, transformant à loisir leur papier glacé en roche, en banquise, en étendue salée, et même pas la décence d'ouvrir ces paquets-ci, ceux qui ne brillaient pas, ceux que je mettais de côté avant même de commencer à jouer, ou que leurs enveloppes de papier kraft condamnaient aux emplois moins glorieux : bourbiers, marécages, au mieux sables mouvants. Pas étonnant après ça qu'ils aient nourri contre moi quelque rancune, comme ces enfants dont on ignore le nom, à qui l'on adresse la parole seulement pour faire le nombre quand vient l'heure du football, et qu'on efface de notre mémoire sitôt la fin du match sifflée. Assez de colère pour que l'un d'eux, le plus farouche, ait décidé de me hanter, réclamant par cette injonction : « Ouvre-moi ! », le plus élémentaire respect. Pour faire amende honorable, je renversai la pile...

Sur le sol devant moi, trois mystères alignés : trois grandes enveloppes, expédiées depuis le continent et même de Suisse, pour l'une d'entre elles. Celle de gauche avait frémi quand je l'avais soulevée : un bruit de tirelire pleine ou de vaisselle cassée, l'averse sèche d'un bâton de pluie. C'est elle que j'ouvris en premier. Aucun des maux du monde ne s'en échappa, mais un œil sombre apparut, qui m'épia en silence à travers l'échancrure du papier. Ce regard, je pus le sentir peser sur moi avant même de le voir, habitué que j'étais à ceux qui surplombaient nos rues, ces yeux qui, cachés derrière ces persiennes ajourées qu'on nomme « jalousies », nous observaient du matin au soir, maudissant notre vitalité, parfois même invoquant l'accident, et contre lesquels on nous immunisait en nous faisant l'*ochju*[1] ; ces regards morts et pourtant acérés qui portaient jusqu'au Chemin des Dames : le regard des veuves.

Une fois révélé, le visage sur la pochette du disque me glaça le sang. Passé au bouchon noir ou au charbon de bois, Mario

1. Rituel visant à retirer le mauvais œil.

Lanza[1], grimé en Othello, semblait sur le point de surgir de la photo pour m'étrangler de ses mains ou m'étouffer d'un coussin. Il n'en fit pourtant rien et, écartant les bords de la pochette, je trouvai le disque en morceaux. Il n'avait pas survécu aux aléas du transport ou, plus certainement, à la brusquerie de mes jeux.

Il restait deux enveloppes. Au hasard, je ramassai celle de droite et la retournai pour l'ouvrir… À peine avais-je pincé le rabat de papier qu'une vague inconnue déferla sur mon cœur, une tendresse fanée, la rumeur d'une joie lointaine. Si lointaine, qu'à force de rebonds, son écho me parvenait à ce point dissonant, déformé, que je n'aurais su dire avec certitude s'il s'agissait de rires ou de sanglots, s'il me faisait plaisir ou s'il me rendait triste. C'est ainsi qu'à l'âge de douze ans je fis connaissance avec la nostalgie. Elle ruissela en moi avec tant d'évidence qu'un court instant il me sembla qu'une main, douce et merveilleusement parfumée, me caressait la joue, me consolant d'un pays natal dont j'ignorais tout mais dont je déplorais la perte, une terre inconnue et pourtant regrettée.

J'allais plonger dans le mystère de cette enveloppe quand la voix m'arrêta :

« Ouvre-moi ! »

Les mêmes mots… Pourtant, plus que jamais, j'étais abasourdi. C'est qu'ils n'avaient pas surgi d'entre mes mains, comme j'aurais pu m'y attendre, de ce rectangle brun qui m'avait bouleversé. Non, la voix était montée du sol, juste

1. Ténor américain (d'origine italienne) de l'après-guerre.

là, à côté de mon pied, de la dernière enveloppe. À regret, je lâchai l'enveloppe triste et ramassai celle qui avait parlé.

Sur ses flancs, les années étaient passées mais pas la couleur du tampon, et aucune coulure ne venait compromettre le tracé de la croix. « 11-2-1941 » pouvait-on lire juste en dessous. Treize ans plus tôt, un postier suisse s'était acquitté de sa tâche avec diligence, il avait frappé sec et droit. Un sceau parfait, faisant foi d'une interminable attente : treize années de pénombre, de sons étouffés, d'asphyxie ; un calvaire qui avait débuté avant même ma naissance. Et ma conscience n'eut pas le temps de s'en trouver apaisée qu'un murmure caressa ma nuque, chuchotement de papier froissé où je crus entendre : « Merci ».

J'ouvris les yeux sur le plancher fuyant, le corps affreusement douloureux, les muscles encore frémissants de la décharge qui m'avait foudroyé...

Aujourd'hui, je connais ce moment par cœur, celui où je ne suis nulle part, sur le retour mais pas encore rentré, un pied dans chaque monde ; longtemps, pourtant, il me fit peur, je craignais de m'y perdre et de devenir fou. Ce jour-là plus que jamais.

Je me redressai, le cœur au bord des lèvres, pressentant le décalage, l'équilibre factice, cherchant d'une main fiévreuse un mur où m'appuyer. C'est là que je remarquai les disques. Ils semblaient s'être éloignés de moi, ou moi d'eux, sans que je pusse m'expliquer comment. Comme si l'endroit où je m'étais éveillé n'était pas tout à fait celui où j'avais perdu connaissance et que mon corps inerte avait été déplacé. C'était près des pochettes, quasiment sur elles, que je m'étais effondré, et je m'éveillais sur le seuil, allongé à l'endroit précis où j'avais attendu la voix. Pire que tout, la pile elle-même. Loin d'être éparpillée, elle demeurait telle que je l'avais trouvée en arrivant, debout, et recouverte d'une fine pellicule de poussière que mes mains auraient dû avoir balayée. C'était à n'y rien comprendre... Pourtant, je comprenais. Un mal rôdait, plus inquiétant que n'importe quel fantôme : soit, terrassé par l'angoisse et l'attente, j'avais piqué du nez dans un cauchemar facile, soit ce moment, je l'avais déjà vécu, il recommençait, et j'étais fou.

Pour en avoir le cœur net, je retournai aux disques, et la tête me tourna en retrouvant Bizet, Wagner, Donizetti puis Gounod, dans cet ordre immuable, petits cailloux roulant au bord du vide. Immédiatement, je basculai la pile pour chercher les enveloppes.

Je fus rassuré de n'en trouver que deux. L'enveloppe triste avait disparu. Les autres étaient intactes, je les ouvris pour savoir.

Certains se découvrent fous un couteau à la main, d'autres en se trouvant nus dans le regard des gens ; moi, c'est le râle crépitant d'un disque qui me l'apprit et le visage fardé d'un ténor italien vint confirmer la chose : j'étais fou. Les larmes vinrent aussitôt. Toutes étaient pour maman, pour le mal que j'allais lui faire.

Ramassant la dernière enveloppe, celle qui venait de Suisse, je n'espérais plus rien. Je l'ouvris parce qu'elle était là, parce qu'elle ne pouvait plus rien me prendre. La colle cristallisée craqua sous mes doigts, et la voix, se taisant, parut respecter ma tristesse. C'est là que je trouvai la lettre.

Elle était tombée à mes pieds comme un billet de loterie quand, écartant les pans de l'enveloppe, j'avais découvert une pochette sombre, étui de carton souple sans la moindre inscription. Glissant mes doigts à l'intérieur, je tirai sur le disque ; il résista, coincé par quelque chose. Je tirai plus fort et je le vis jaillir, emportant avec lui une feuille pliée en quatre : la lettre.

C'était un simple feuillet, le papier transparent d'un mauvais bloc-notes, de ceux fabriqués chichement pour porter des mots écrits à la hâte, des mots urgents, qui ne peuvent attendre qu'on aille chercher le bon papier, l'épais papier des lettres d'amour sérieuses, celles joliment écrites, parfaitement calibrées, sans la moindre rature mais, le plus souvent aussi, sans spontanéité, à force justement d'attendre que viennent les bons mots, que la formule mûrisse, que le bon papier soit acheté.

Là, sur cette feuille diaphane, rien d'autre qu'un cri d'amour. J'étais novice en la matière, mon expérience se limitant à ce qu'il m'avait été donné de voir au cinéma quand, entre deux phalanges, j'épiais Errol Flynn enlacer Olivia de Havilland. Pourtant, j'en fus persuadé dès les toutes premières lignes. Une écriture saccadée, des phrases sèches et définitives, des adjectifs raturés et majorés à tour de bras : un hurlement de papier.

...

J'ai trafiqué le temps pour mêler les histoires, mais j'écris. Les murs de mes maisons semblent de carton-pâte, ils croulent autour de moi sans jamais m'écraser, comme pour mieux me narguer ; comme Buster Keaton, toujours épargné car jamais souriant : lucide.

J'ai jeté les bases de la suite sur les pages de mon Moleskine, le même où j'écris ces mots, celui qu'on m'a « offert » contre une énième commande de café. Je l'aime bien ce carnet, son élastique qui claque quand il frappe le cuir. Quand je n'y griffonne pas une idée avant qu'elle ne m'échappe, j'y dessine une plage, toujours la même, pas Ficaghjola : une bien plus grande avec un phare. Un phare et une ruine encore dégoulinante que la mer en se retirant a rendue au regard des promeneurs. Elle existe à peine cette ruine, je viens juste de la dessiner, la mer est encore toute proche, pourtant elle semble déjà bien réelle ; plus que chaque mot qui l'entoure...

Ce qu'ils attendent de moi, les autres sur la plage, je crois l'avoir compris. Dire qu'ils étaient de sang, dire qu'ils étaient de larmes, dire qu'ils étaient en vie...

3

Joseph

L'anneau

Le soleil était levé depuis longtemps quand je fus réveillé par des bribes de phrases frappant aux parois de mon crâne avec l'insistance d'un voisin acariâtre. Ce n'était pas la première fois, mais là, les mots étaient différents : « Derrière l'ange, juste derrière... », disaient-ils.

J'attendis un moment, espérant qu'ils ne fussent que le reliquat d'un rêve, mais ils se répétèrent encore et encore, achevant de me jeter hors du lit. Bizarrement, ils se turent sitôt la porte de la chambre claquée.

L'appartement était silencieux et je compris à cela que j'avais dormi plus que je ne pensais. Sur la table de la cuisine, dans une petite assiette, on avait posé trois *canistrelli*[1] à mon intention. Trois *canistrelli* et un mot :

Sommes allés rejoindre papa pour lui faire la surprise. Je t'embrasse. Maman.

J'étais donc seul, et je le regrettais d'autant plus que le poids de mon secret me pesait terriblement. Je n'en aurais

1. Petits gâteaux secs.

de toute manière parlé à personne, mais le sourire de maman, les plaisanteries de ma sœur et la seule présence de Mammò auraient été pour moi comme un courant d'air frais désaturant l'atmosphère de toute la poussière du grenier. Au lieu de ça, je grignotais mes gâteaux en ressassant les événements de la veille : les disques, la voix, la lettre.

La lettre... Ayant dormi tout habillé, je pouvais la sentir dans ma poche. Elle, la seule trace qui prouvait qu'il y avait eu quelque chose plutôt que rien. Combien aurais-je donné pour que quelqu'un d'autre la touche, cette lettre, qu'il la lise, la relise, établissant en cela sa matérialité, son existence véritable. Pourtant, au fond de moi, une peur inconsciente me rendait pénible l'idée même de la dévoiler et de crier au monde : « Regardez tous et soyez témoins ! » La crainte, sans doute, de m'en voir dépossédé, mais plus encore que ma main levée, exhibant le papier, n'apparaisse comme désespérément vide, et qu'on me regarde d'un air gêné en chuchotant : « Le pauvre petit ! »

Je n'étais pas fou, je ne pouvais m'y résoudre, ce mot en était la preuve. C'était ma bouée dans la tempête, un « presque rien », fluctuant et susceptible de disparaître sous les vagues, mais qui me laissait espérer qu'il y avait autre chose.

Une impossible main, appuyée sur mon dos, me ramena dans la cuisine : celle de Mammò, rentrée sans faire de bruit et qui s'était glissée derrière moi.

— Je te trouve bien pensif! dit-elle, accompagnant ces mots d'une caresse si inhabituelle qu'elle me glaça le sang. Beaucoup trop pour ton âge.

Et, avant que je ne puisse répondre, elle ajouta :

— C'est moi qui ai soufflé l'idée à maman... de faire la

surprise à ton père... d'aller le chercher à l'entrepôt. Mais, juste avant le palais de justice, je me suis plainte de la chaleur et j'ai demandé aux autres de continuer sans moi. Pourtant, tu sais, je n'avais pas si chaud. Crois-tu que le dernier samedi y soit pour quelque chose ?

Comme sa caresse, l'étrangeté de sa question sembla ouvrir une brèche dans la réalité, une fissure fracturant le cours normal des choses, un vide où elle s'engouffra comme une crue soudaine vient bousculer vos meubles.

— Bien trop pensif..., continua-t-elle. Et depuis trop longtemps. J'ai observé de loin, espérant que ça te passerait, mais ça n'a fait qu'empirer. À présent, tu dois me dire !

Avec l'hypnose, tout part d'une rupture. Un déséquilibre, une disharmonie, un malaise dont on profite ou plutôt qu'on provoque par un geste sortant de l'ordinaire, un mot saugrenu, une expression hors de propos. Cela pour que les herses de nos esprits se lèvent, que les gardes, sur leur chemin de ronde, braquent les yeux vers le ciel et en oublient la route. Mémé Fontana, ce jour-là, a procédé ainsi. Je ne saurais dire avec certitude si elle sut jamais la véritable nature de son don, mais elle l'utilisa toujours, traversant la vie sans que personne, jamais ou presque, ne contrariât son bon vouloir.

Mes réticences devenues superflues, je lui racontai tout. C'est à peine si je la vis tressaillir quand ma voix, à mon insu, imita celle entendue dans le grenier ; à la perfection. Et seul un éclat dans ses yeux vint trahir son trouble quand j'évoquai la lettre. Elle tendit la main, sans un mot, je la lui remis, ne protestant même pas ; elle la lut, la replia, et la mit dans sa poche.

— Très bien ! dit-elle. Maintenant, tu dois oublier !

— Oublier ? Mais… je ne veux pas…, protestai-je péniblement, comme si dire ces mots exigeait de moi un effort surhumain.

C'était d'ailleurs le cas, tant jusque dans ma chair je pouvais ressentir la violence de sa suggestion, l'abjecte dissonance qu'elle faisait résonner. Mammò ouvrit plus grands les yeux :

— Tu n'as pas envie de retrouver le sommeil ? De manger avec appétit ? De ne plus craindre d'être seul ? Je sais que ta solitude te manque !

— Oui, mais… la lettre ? balbutiai-je. Elle prouve que…

— Qu'est-ce qu'elle prouve ? Rien du tout.

— Que ça existe. Que je n'ai pas rêvé… Que… que ce n'est pas fini…

— Quelle lettre ? fit-elle alors en écartant les mains. Je n'en vois plus aucune.

Une angoisse terrible étreignit ma poitrine, comme un effondrement, et mes yeux s'emplirent de larmes. Elle s'en rendit compte, car son regard, si dur jusqu'ici et qui me faisait si mal, sembla lui aussi s'embuer puis me fuir. Et, d'une voix moins nette et plus basse, elle me dit :

— Ne m'en veux pas, Joseph ! Ce chemin-là est bien trop difficile. Ce ne sont encore que des enfantillages, mais après ? Tu es si jeune. C'est arrivé trop tôt. Fais-moi confiance, il vaut mieux oublier.

— Mais je… je ne peux pas.

Un sourire triste éclaira alors son visage et, se penchant sur moi, elle me dit :

— Ne t'en fais pas. Je vais t'aider…

Collant sa joue contre la mienne, elle murmura à mon oreille. Immédiatement, je sombrai dans une étrange quiétude, les caresses de ce chuchotement ayant sur moi l'effet ondoyant d'un berceau, d'un bateau roulant sur la houle, des bras d'une mère qui doucement cajolent... J'allais basculer pour de bon, m'enfonçant dans l'oubli promis quand, in extremis, ma main sembla frôler l'arête d'un rocher, un bout concrétionné qui dépassait de l'eau. Instinctivement, je m'y agrippai, brisant d'un coup le charme, et je rouvris les yeux.

Mammò se redressa.

— Qu'est-ce qu'il y a ? Tu résistes ?

— Je... je ne t'ai pas tout dit ! J'ai oublié quelque chose... La voix, l'autre voix !

— L'autre voix ?

— Oui... celle de tout à l'heure, dans ma chambre. Celle qui disait : « Derrière l'ange, juste derrière... »

Elle se figea, et je la vis blêmir. Atrocement.

Un instant plus tard, son charme curieux, sa parfaite distinction, l'insolent mystère de sa personne, tout avait disparu. Et ses cernes bleuis, ses traits soudain creusés, ses doigts recroquevillés, tout en elle me parut n'être plus qu'une sourde douleur.

— Derrière l'ange, répéta-t-elle, s'agrippant à mon col. Impossible ! Comment je l'aurais raté ? Raconte !

Je ne savais que dire. J'avais déjà tout dit. Alors, devant ma bouche ronde et inutile, elle me prit par le bras et me traîna hors de la pièce, et c'est presque sans toucher le sol que je traversai le couloir, ricochant jusque dans ma chambre. Là, relâchant son étreinte, elle s'écria :

— Alors, tu l'entends, ta voix ? Qu'est-ce qu'elle dit ?

— Rien du tout... elle ne dit plus rien ! Elle ne parle plus.

— Pas possible ! Derrière l'ange, tu es sûr ?

— Oui, juste derrière...

Se désintéressant de moi, elle se rua vers le pied de lit le plus proche, tirant dessus de toutes ses forces comme si elle eût voulu l'arracher.

Comment décrire cette scène, sa sidérante absurdité ? Mémé Fontana, notre mémé Fontana, la plus noble des sans-titres, l'aristocrate des rues et des plages, la fille aînée des choses immuables, et... mon lit, celui-là même où je dormais depuis que j'étais en âge d'avoir ma propre chambre, relique en châtaignier qui, jusqu'alors, n'avait jamais fait prévaloir autre chose que sa seule qualité de meuble, devenus les protagonistes d'un improbable corps-à-corps. La femme devant moi n'avait plus rien de ma glorieuse aïeule. Elle écumait de rage, frappait le sol du poing et jurait en s'écorchant le front de dépit sur les panneaux de bois du lit...

À un moment, elle sembla revenir à elle mais, son souffle à peine retrouvé, elle repoussa le sol de ses mains, se traîna jusqu'à l'autre pied, à l'opposé du premier, et le manège reprit.

Quand l'heure enfin arrive dans la cour des miracles, que le dernier passant s'éloigne lentement, que tous retrouvent leur simple apparence, que l'œil bandé voit à nouveau, que la jambe arrachée repousse – plus promptement encore que la queue d'un lézard –, l'espace d'une seconde, une autre histoire s'écrit. Devant moi, aucune résurrection, au contraire, la plus violente décrépitude, mais la même poésie du mensonge révélé, la chute d'une nouvelle qui ouvre un nouveau monde. Mes yeux, honteux de prendre part à cette métamorphose, cherchèrent à fuir, mais s'attardant sur le pied de lit qu'elle avait délaissé, je compris.

Dépassant d'une niche creusée dans le bois aux trois quarts de sa hauteur, et lui-même sculpté au ciseau, un séraphin dodu me narguait. « Derrière l'ange ! juste derrière... », semblait-il répéter en se moquant de moi.

Des anges semblables, mon lit en comptait quatre, décorant la face de chaque pied. Quatre visages poupons, dont deux seulement étaient visibles, les autres demeurant dans l'ombre, face au mur.

« Derrière l'ange ! Juste derrière... »

Était-ce le trop-plein d'émotions de la veille ou l'utilisation du singulier qui expliquait qu'en moi ces mots n'avaient pas fait sens, que le lien ne s'était pas fait avec ces têtes-ci, leurs boucles patinées sur lesquelles j'aimais tant passer la main, et que d'un claquement de porte j'avais négligé leur message ? Sur le moment, je ne le sus pas, et d'ailleurs je m'en moquais tant j'étais obsédé par le tour nouveau qu'avait pris la quête. Oui, je dis « la quête », car désormais je savais : Mammò ne se battait pas, comme j'avais cru le comprendre – ou ne rien y comprendre –, elle cherchait quelque chose, fiévreusement, avec acharnement, sans retenue.

— Aide-moi ! m'ordonna-t-elle. On va l'écarter du mur.

Et je l'aidai à déplacer le lit afin qu'elle accédât aux derniers angelots. De nouveau, elle se démena, tirant dessus avec vigueur, sans aucun résultat. À quoi s'attendait-elle ? Que l'un d'eux se détache ? Qu'une cache secrète soit révélée, *derrière l'ange, juste derrière* ?

Finalement, il y eut un craquement, et je crus qu'elle avait trouvé. Mais ce n'était que la calotte sculptée figurant la chevelure d'un des séraphins qui, malmenée, s'était brisée entre ses doigts. La paume de sa main droite était entaillée et le sang gouttait sur le plancher gris. Et comme si cet événement avait sonné la fin de la transe, elle ne bougea plus, fixant longuement cette plaie qui laisserait à coup sûr une marque, avant de glisser sur le sol et de s'y recroqueviller comme une enfant battue.

J'aurais voulu trouver la force d'aller chercher son bras, de lui servir d'appui, de faire en sorte qu'elle se relève, mais la sidération que cette image incroyable exerçait sur moi me l'interdisait. Avancer d'un pas aurait été donner du crédit à cet effondrement, et ça, je ne le pouvais pas.

Elle brisa l'équilibre de nos faiblesses en parlant :

— C'était le lit de ma fille... Joséphine... ta grand-mère. Celui-là même où elle est morte. On ne te l'a jamais dit pour ne pas t'effrayer. Mais j'y suis parvenue malgré tout... Je savais que rien, rien de bon en tout cas, ne m'attendait ici. Pourtant j'ai voulu croire. Croire que ce jeu cruel allait enfin cesser. Pardonne-moi, mon amour...

Elle avait dit cela sans même lever la tête, comme si le poids des mots appuyait sur son cou. La question – que presque malgré moi je posai – l'en libéra soudain :

— Tu cherchais quoi ?

— Qu'est-ce que tu dis ?

Je répétai :

— Quoi ? Qu'est-ce que tu cherchais ?

Elle m'observa avec attention, puis ses yeux semblant s'attarder sur un objet invisible entre nous, elle s'enfonça dans un souvenir :

— Un anneau, si tu veux vraiment le savoir, l'anneau de Joséphine, le mien avant ça. L'anneau qu'elle portait dans ce lit au seuil de sa mort. Celui qui s'est volatilisé juste après.

— Volatilisé ?

— Oui, disparu... Sur le coup je ne m'en suis pas rendu compte. D'abord j'ai pleuré ma fille. Aussi longtemps qu'on me laissa le faire. Puis, quand est venu le temps de préparer son corps, de la vêtir pour la veillée, j'ai voulu reprendre l'anneau pour le garder avec moi, mais il n'était plus là. Je l'ai cherché partout, dans chaque recoin de la chambre, au fond des draps, sous les plis des rideaux, dans les creux du plancher, jusque dans ses cheveux. En vain. C'était à n'y rien comprendre. Alors j'ai cherché encore. Et rien ! Toujours rien. Et ce rien-là, dès lors pour moi, devint un tout. À demi folle, j'ai fait déshabiller les gens, les accusant presque de vol. Pire encore, j'ai commis l'acte impensable de demander au médecin de revenir dans la chambre pour qu'il vérifie dans la bouche de ma fille si l'anneau, qu'elle avait serré comme un mors, n'y était pas resté. Bien sûr, il a refusé. Alors, je l'ai supplié, je me suis mise à genoux, j'ai couvert ses vêtements de larmes, et finalement, comme il refusait toujours, j'ai pris son poignet, comme moi seule sais le faire, et il a accepté. Ce fut atroce, sa mâchoire déjà s'était raidie, il fallut l'écarter en forçant. Alors il y eut ce bruit, ce bruit affreux, comme de la glace qui se fissure. Mon Dieu ce bruit ! Après, il fut impossible de lui refermer la bouche. C'est avec un chiffon sous le menton, une bande autour de la tête, qu'on l'a couchée dans son cercueil. Ma fille... un chiffon sous le menton, tu imagines ? À cause de moi... Bien sûr, l'anneau n'était pas là. Et depuis, chaque fois que je pense à lui, le cherchant dans mon souvenir, c'est cette image que je retrouve.

— Tu venais de perdre ta fille et tu ne pensais qu'à cet anneau ?

Quelque chose dans mon ton n'allait pas.

— Comment te faire comprendre ? De toute façon, jusqu'à ce que tu sois père toi-même, tu ne le pourras pas. Sache seulement que, quand la mort vient se servir, nos mains, promptes à retenir le peu qu'elle a laissé, s'y accrochent, éperdument : une photo pour garder un sourire, un mouchoir imprégné de parfum, un... c'est triste de le réaliser ainsi... un mot griffonné. Le moindre petit objet peut faire l'affaire et incarner celui qui part. Pour moi, ce fut cet anneau. Cet anneau, c'est ma fille ! Pourquoi lui ? Va savoir ! Au fond de moi, c'est comme si elle l'avait elle-même choisi. Et comme si moi, voulant fermer la main dessus et avec lui garder ma fille, j'avais traversé un mirage.

— Et l'enfant... mort ?

— Oui. Certainement avant elle. C'est ce qu'a dit le médecin en tout cas : "Mort en emmenant sa mère !", ce sont ses propres mots... Par habitude, il a tenté de le sauver, lui, essayant coûte que coûte de l'arracher à Joséphine. Mais il était parti. Malgré ça, comme je lui en ai voulu à cet être caché sous le rebond de son ventre, de me l'avoir prise... Mais ça m'est passé aujourd'hui. Il m'arrive même de l'imaginer, cette enfant... cette petite fille partie en emportant son dû : cet anneau qui, un jour ou l'autre, lui serait revenu.

— À elle ou bien à maman ! fis-je remarquer.

— Ta mère le lui aurait laissé. Quitte à en souffrir. C'est certain !

J'acquiesçai.

— Elle est comme ça, Nénette, insista Mammò. Et pourtant... c'est elle la plus à plaindre...

— Maman ?

— Oui.

— D'avoir perdu sa m...

— Non, coupa-t-elle, je te le redis, ça ne fait pas aussi mal que de perdre un enfant ! J'ai connu les deux, je le sais. Je te parle de se perdre soi-même... de ce qui est arrivé avant !

— Avant ?

— Juste avant... Ça faisait deux jours que Joséphine

souffrait. Nénette sursautait à chaque hurlement de sa mère. Bien sûr, très vite, je l'ai éloignée et confiée à mes cousines, mais c'était encore bien trop éprouvant pour elle. Elle ne tenait pas en place, posait mille questions et se cachait pour pleurer. Ce matin-là, elle a échappé à la vigilance des deux sœurs. Elle a couru jusque chez elle et s'est faufilée dans la chambre de Joséphine. C'était un jour de pluie, je m'en souviens très bien. Trempée, elle s'était pelotonnée sous une chaise dans un coin comme un petit chat craintif sans que personne ne s'en aperçoive ; même pas moi. Moi, je ne voyais que mon enfant, mon enfant qui agonisait, emportée par des spasmes si violents que le lit chassait sur le sol, mon enfant qui se cramponnait à la vie, plantant ses ongles dans les coussins et hurlant à faire pleurer tous les saints du ciel. La petite n'a pas tenu longtemps, elle est sortie de sa cachette et s'est jetée dans les bras de sa mère. Alors, ouvrant les yeux, Joséphine a crié : "Sortez-la ! Sortez-la d'ici ! Par pitié, que quelqu'un l'emporte !" Et j'ai arraché du sol ce petit être pétrifié. Comme un pion qu'on souffle et qu'on retire du jeu, je l'ai soulevée et posée derrière la porte. Et elle, elle s'est laissé faire, comme absente, et n'a plus cherché à entrer... jamais. Jamais, tu m'entends ? Plus jamais elle n'est entrée dans cette chambre. Les années passant, je l'ai souvent trouvée là, plantée devant la porte, aussi immobile que le premier jour. Et parfois, je suis la seule à m'en apercevoir mais, ta mère a quelque chose de ces visages cassés qui hantent encore nos rues, ces ombres, revenues de nulle part, qui sont encore pour moitié là-bas ; ceux dont même le sourire est boiteux.

Il y eut un long silence puis, retrouvant son sourire affecté, Mammò reprit :

— Si je t'ai raconté tout ça, si j'ai été aussi franche avec toi, c'est que je pensais te le devoir. Mais nous voilà revenus à notre point de départ, celui où tu dois oublier. Viens plus près mon...

— C'était où ? l'interrompis-je. Où est-ce que c'est arrivé ? Dans quel quartier ? Quelle rue ?

Elle me considéra avec perplexité, puis, devinant que quelque chose était à l'œuvre, un espoir fou ralluma ses pupilles.

— Rue Colonella, au 8, c'est là-bas qu'elle est morte ! Le lit est arrivé ici bien plus tard. Mais... Mais il n'y a rien là-bas, j'ai déjà tout fouillé.

— Pas assez, c'est certain !

Aujourd'hui encore, quand je revois la scène, je l'imagine toujours ainsi : statique et mouvante à la fois, comme dans le cadre d'un tableau. Je nous vois remontant la rue Saint-Joseph : moi, tache plus sombre encore que l'aplat triste sous mes pieds, et Mammò, me précédant de peu dans un manteau de gouache qui semble s'étirer comme une ombre du soir. Étrange caprice du temps, il trace des parallèles, et nous voilà surpris par un orage d'été. De grosses gouttes tombent, énormes mais espacées. C'est toujours comme cela que l'orage commence. De grosses gouttes fraîches, séparées dans l'espace et le temps. Le même orage peut-être qui a mouillé maman. Je pense à ça à cette heure où nous marchons dans ses pas, vers ce lieu où sa part orpheline, comme une mue abandonnée, tombe en poussière derrière la porte. Je pense à ça en m'engouffrant dans l'entonnoir de la rue Colonella, goulet qui vient écraser la lumière, sinueuse pénombre qui semble s'avaler elle-même tandis que Mammò continue de me raconter ; la même rue, le même temps...

Numéro 8, devant la façade grise que l'averse a encore obscurcie, elle dit : « Nous y sommes ! » puis elle s'engouffre dans le portail. Pas de lumières ici. Trop humide. Les lampes grilleraient sitôt changées. Je la distingue à peine dans l'obscurité rance du hall, et l'étroit escalier qu'on emprunte déjà monte si abruptement que, me devançant à peine, ses talons viennent à frôler mon visage, comme si pour construire ces marches, on s'était contenté d'emmaçonner l'échelle d'un meunier. Au palier, elle s'arrête et trois coups secs déchirent l'ombre, le heurtoir d'une porte. Un bruit de chaise lui répond, puis on entend des pas traînants, précédant de peu une voix éraillée :

— Qui est-ce ? Qui frappe aussi fort ?

Je la connais cette voix. Elle m'est familière. Et Mammò lui répond :

— C'est Françoise. Qui d'autre ? Ouvre s'il te plaît !

— Ah ! Françoise. Bien sûr. Attends une seconde !

J'entends le cliquetis d'un trousseau qui vacille quand sa maîtresse clef fait grincer la serrure, et le bruit, sourd tout d'abord, puis plus chantant, d'une lourde barre qui, relâchée, frappe le mur et continue de s'y balancer tandis que la porte s'ouvre. Andrée se tient derrière. C'est à sa silhouette que je la reconnais. Je savais qu'elle et Mammò étaient proches, mais j'ignorais qu'elle habitait ici. À vrai dire, il ne m'est pas venu à l'esprit que quelqu'un puisse encore occuper ce lieu, celui où ma grand-mère est morte. Mais, si je dormais dans son lit, quelqu'un pouvait bien réchauffer ses murs.

— Entre vite, ne reste pas dans le froid !

— Merci, répond Mammò. Je suis désolée de passer sans prévenir. Je ne te dérangerai pas longtemps, c'est promis !

— Tu ne me déranges pas, je te l'ai déjà dit. Moi aussi j'ai perdu un enfant. Et si ce n'était pas aussi loin, j'irais chaque jour m'asseoir dans l'herbe à l'endroit où il est tombé. Va, ta chaise t'attend dans sa chambre ! Je nous prépare du café pour quand tu en auras terminé. Ceux qui pensent que le café empêche de dormir sont des imbéciles. Les souvenirs s'en chargent déjà...

— Tu as raison, mais pour le café... nous le boirons une autre fois.

— Et pourquoi ?

— Je ne suis pas seule, répond Mammò en s'écartant afin qu'Andrée me voie, Joseph m'accompagne.

À ces mots, la silhouette se fige.

— Dédée ! s'écrie Mammò comme elle reste muette.

Et l'autre de nouveau s'anime :

— Joseph, mon grand ! *Aiò*, quelle belle surprise ! Ça me fait plaisir de te voir...

Et, retrouvant un peu d'aplomb, elle ajoute :

— Tiens, puisque tu es là, je mettrai du lait sur le feu. Avec une goutte de café dedans, ça te réchauffera !

— C'est gentil, fait Mammò pour couvrir mon silence, mais je te l'ai dit, ne te dérange pas pour nous, on ne restera pas longtemps. On n'a rien dit à personne, et si Nénette arrive et trouve la maison vide, elle va s'inquiéter.

— Tu plaisantes, j'espère ? Le petit est trempé ! Regarde-le, le pauvre, il dégouline ! Je ne veux pas qu'on dise, et encore moins à ta petite-fille, que c'est chez moi qu'il a attrapé la mort.

— Comme tu voudras.

— Oui, c'est ça, comme je veux !

Andrée me fait entrer, m'embrasse, me guide jusque dans la cuisine. Du dossier d'une chaise elle décroche un gilet et le pose sur mes épaules.

— Tiens, mets ça sur ton dos. C'est humide à l'intérieur, elle est tout le temps fermée, cette chambre. C'est la première fois que...

Je la coupe :

— La chambre !

— Quoi ?

— La chambre de Joséphine... Elle est où ?

— ... Au bout du couloir... Sur la gauche, mais...

Je l'abandonne, le gilet glissant sur le sol et une vague de questions s'abattant sur Mammò :

— C'était quoi, ça ? Il est bizarre le petit ! Et pourquoi tu l'as amené ici ? Tu es sûre de...

Si je les rapporte, ces questions, c'est qu'une part de moi les a entendues, mais j'ignore bien laquelle, car moi je suis devant la chambre.

Ma mère à moi n'était pas morte, pourtant j'imaginais son fantôme qui m'attendait ici, gamine triste et détrempée, le corps face à la porte, la tête tournée vers moi, et me regardant sans un mot avec l'air de me dire : « Dépêche-toi, je n'en peux plus d'attendre ! » Attendre que dans ses traces, invisibles pour tout autre, je cale enfin mes pieds, et que, appuyant sur cette poignée qu'elle n'osait plus toucher, je lui permisse d'entrer.

La chambre était telle que je l'avais imaginée, la reconstituant au fil des mots de mon arrière-grand-mère. Plutôt grande, sombre, à jamais déserte. Aux murs, une tapisserie, aussi vieille que l'immeuble, donnait le ton. Mouchetée de salpêtre, elle était pour partie décollée et retombait en corolles fanées depuis l'angle du plafond. Les lignes composant ses frises verticales, autrefois mordorées, semblaient régurgiter leur teinture cuprifère, bavant leur vert-de-gris sur les couleurs passées des fleurs qu'elles enserraient. C'est d'ailleurs comme cela, en teintes éreintées, que tout ici semblait se décliner. Que faisait donc Mammò ? Pourquoi tardait-elle tant ? Impatiente comme elle l'était, elle aurait dû surgir et enfoncer la porte. Mais là, elle me laissait seul. Peut-être pensait-elle que c'était mieux ainsi, et que ses yeux usés pourraient gâcher les miens ? J'avançai alors d'un pas franc pour découvrir la pièce quand, en moi, le fantôme de ma mère sembla remuer et me dire : « Comme c'est étrange ! Comme ça t'est facile à toi de faire un pas. Prends garde seulement à ne pas m'écraser ! »

— T'écraser ? répondis-je à haute voix, comme s'il s'agissait là d'une vraie conversation.

— Oui, tu sais bien : ce qui de moi ici demeure. Ne le piétine pas, s'il te plaît !

Je regardai plus attentivement. Une mue de serpent – mon intuition était la bonne –, c'est à peu près cela que je vis sur le sol. Diaphane et avachie, quoique reconnaissable, l'image de la fillette traînait juste à mes pieds, fragile, et prête à disparaître au moindre courant d'air, mais lumineuse aussi, presque brillante dans la pénombre.

Je m'écartai d'elle à pas feutrés, comme on ferait dans la chambre d'un enfant qui dort, allégeant encore ces pas-là – afin d'éviter que le sol ne craque – en m'appuyant sur le plateau de marbre d'une petite coiffeuse. Il était froid comme un autel d'église, à détraquer les montres qu'on oublierait dessus. Et ce contact-là, cette sensation furtive, l'image qu'elle déroula dans mon esprit, m'enseigna de ce lieu l'insolite secret. Oui, les murs pourrissaient, suintant de ce temps qui, coulant au-dehors, faisait pousser les arbres et vieillir les enfants ; mais ça, c'était dehors ! À l'intérieur, il semblait n'avoir plus cours, figé, suspendu par quelque sortilège, lévitant telle une goutte de pluie qui n'atteindrait jamais le sol. Les fleurs du papier peint pouvaient bien se flétrir, les moulures s'affaisser, rien ne passait ici ; comme si, quelque part, sur quelque carte inaccessible pour nous autres, on avait marqué cet endroit d'une épingle qui, tenant toujours, rappelait qu'une chose y était arrivée et, ce faisant, trouant le plan de sa tige d'acier et figeant ces maux à jamais, abolissait le temps pour ce lieu. Les souvenirs ne s'y dissipaient pas, ils demeuraient vivaces, occupant tout l'espace, je n'avais qu'à « ouvrir les yeux » pour les voir : ma grand-mère haletante « entorsadant » ses draps ; ma mère recroquevillée sous la chaise du fond ; elle encore, soulevée, volant à reculons vers son deuil impossible ; et Mammò, partout dans la pièce ; instants accumulés, se percutant l'un l'autre, entre ces murs, contre lesquels, à l'extérieur, butaient les aiguilles du temps.

Au bout d'un moment, apprivoisant le rythme et la géographie du tumulte, j'isolai la forme de mon lit revenu. Les images de Mammò tournaient autour, furtives apparitions qui, se multipliant, paraissaient la séquence saccadée d'un folioscope : Mammò debout, à la tête du lit ; Mammò assise, juste à côté ; rafraîchissant d'un gant les tempes de sa fille ; la pleurant devant le lit vide ; mais, le plus souvent, agenouillée, fouillant chaque centimètre carré du parquet, longtemps même après que le lit eut disparu. J'assistai impuissant à l'effondrement de ma cosmologie. Il existait donc une chose plus dense que le soleil, une force invisible qui le faisait danser. Toutes ces années, nous avions admiré sa grâce, la précision géométrique de ses circonvolutions, sans deviner jamais l'invisible prison, l'arc funeste que dessinait sa chaîne ; assez de mou pour donner le change, lui permettre d'arpenter les rues, de glisser jusqu'à la plage, mais pas un pas de plus. Car ensuite, comme rappelée, Mammò revenait ici, à l'origine de son entrave, vers cet anneau invisible, ce gouffre qui finirait par l'engloutir.

Soudain, les images disparurent, et de mon lit, devant moi, il ne demeura plus qu'une empreinte brune, comme peinte au pochoir sur le mur vermoulu. J'observai cette tache sombre et remarquai, de part et d'autre, comme deux enfoncements dans la tapisserie, celui de gauche bien plus marqué. En son centre, je devinai une fine entaille. Alors, aussi sûrement que si quelqu'un me soufflait toute l'histoire à l'oreille, et que ses mots, devant mes yeux, reconstruisaient les images, je sus ce qui était arrivé. Je vis l'anneau glisser du doigt d'une Joséphine agrippée à la tête de lit et emportée par la douleur, le lit frapper le mur et l'anneau disparaître, sans même toucher le sol. Aurait-il chuté mille fois qu'il aurait rebondi sur la plinthe, roulé sur le plancher, attiré l'attention ; mais pas ce jour-là, pas cette fois-ci. Cette fois, la charge du lit, interrompant sa chute, l'avait écrasé sur le mur, déchirant le papier, et enfoncé dans le plâtre humide. Ce faisant, soustrayant une part de matière à ce monde, elle avait créé un vide, un déséquilibre et, sans y prendre garde, une malédiction.

Je m'accroupis et, épluchant le papier fripé, poinçonné dans l'enduit ramolli, je trouvai le visage de l'ange.

La voix d'Andrée résonnait encore dans le couloir quand je sortis. Elle se tut aussitôt et Mammò vint à ma rencontre.

— Joseph, ça va ?

Comme je ne disais toujours rien, elle prit mon bras pour m'entraîner dans la chambre.

— Viens, allons voir !

— Plus la peine, répondis-je.

Et je tendis la main.

Elle ne comprit pas tout de suite. Elle ne sut pas qu'elle le voyait vraiment, lui et pas un autre, lui et pas un mirage ; pas comme ces fois où elle avait cru le reconnaître au doigt d'une femme qui passait dans la rue, ou lorsqu'elle frémissait en effleurant un écrou ou une rondelle de cuivre au fond d'un tiroir.

Le souffle court, elle approcha lentement la main. La posa bien à plat sur la mienne. Et la referma sur l'anneau.

…

Ces mots : « Après, il fut impossible de lui refermer la bouche. C'est avec un chiffon sous le menton, une bande autour de la tête, qu'on l'a couchée dans son cercueil... », ce n'était pas le visage de Joséphine que j'avais devant les yeux en les écrivant. Je revoyais l'instant, un an plus tôt, où j'avais fermé la bouche de la chanteuse...

Fermer la bouche de la chanteuse, de la grande gueule, de celle qui ne la fermait jamais. Ce jour-là, j'ai fait ce qu'on m'a demandé, j'étais le seul à pouvoir le faire. Les autres qui étaient là n'en avaient simplement pas la force. Moi, je finissais le boulot, la séquence entamée sans le vouloir quelques semaines plus tôt alors que j'avais voulu écrire quelque chose sur elle. J'en avais ressenti le besoin quand, malade, incapable de se lever de son banc, elle avait chanté la messe pour accompagner le départ d'un parent. Un vrai miracle, cette voix. Une onde qui remontait du sol pour faire résonner vos propres fêlures. « Intimes résonances », j'avais dit dans l'article. Cinq jours plus tard, dans cette chambre d'hôpital où elle savait devoir mourir, j'ai baissé le rideau, fermé sa bouche.

Avant ça, elle m'a parlé de Ficaghjola, des nuits d'été sur les rochers, des reflets de lune sur la mer noire où on voyait les poissons remonter du fond comme des petites étoiles, de l'épervier de l'oncle René qui s'abattait sur eux comme le sac du marchand de sable, de l'ombre de mon père, jamais très loin…

Et puis, elle qui ne se plaignait jamais, elle a souri tristement, avant de murmurer avec une voix d'enfant ces mots qu'elle n'aurait pu dire avec la sienne : « C'est vraiment trop injuste. »

Je la vois sur cette plage, parmi les convives attablés, petite fille à côté de son frère. Jacky.

4
Jacky

Il était bizarre mon frère depuis quelque temps. Il pensait peut-être que parce que j'étais la plus petite, je ne m'apercevais de rien, qu'il pouvait me cacher des choses, mais il se trompait, je voyais bien, moi, que quelque chose clochait. Maman et les autres s'en étaient rendu compte aussi. Ils échangeaient de drôles de regards, multipliaient les messes basses et se dispersaient comme des moineaux quand Joseph ou Mammò approchaient.

Se pensaient-ils si discrets tous autant qu'ils étaient, les deux mystérieux enchaînant sorties et courses urgentes sous des prétextes chaque fois plus ridicules, et les autres les épiant sans relâche, allant même jusqu'à se relayer pour les suivre ? Comment se faisait-il que personne n'ait osé en parler, qu'une barrière invisible, un mur de secrets, ait poussé là sans prévenir, coupant notre famille en deux ? Même à table, les sourires entendus et les rires forcés ricochaient contre cette étrange paroi et se répandaient tout autour sans que personne ne s'en soucie, comme si les mots des nôtres ne nous touchaient pas, ne faisant plus que nous effleurer. De toute façon, tout sonnait faux ! Je les entendais, moi, ces secrets, qui donnaient à chacun une voix différente.

Quand je l'ai remarqué, la première fois, ça m'a fait lever les yeux de mon bol. C'était comme si chaque parole que mon frère prononçait résonnait étrangement, comme l'éraillement lointain d'un rideau métallique. Je m'attendais à ce que maman le remarque, ce bruit, qu'elle lui demande s'il avait attrapé mal et lui propose une cuillère de miel, mais rien, rien du tout, on aurait dit qu'elle n'entendait pas.

À partir de cet instant, il ne parla plus que comme ça, Joseph, avec quelquefois un voile de tristesse ou de lassitude qui, posé sur sa bouche, venait assourdir l'écho disgracieux des mensonges.

Tout cela, je le savais, car moi j'étais de l'Air. Oui, de l'Air, et chaque jour qui passait me le prouvait un peu plus. J'étais du son, de l'écho, de la corde qui vibre, j'étais de la voix. Maman me disait que j'avais chanté avant même de naître, car enceinte, lorsqu'elle posait ses mains bien ouvertes autour de son gros nombril, il lui était arrivé de ressentir d'étranges vibrations, une onde mélodieuse qui venait l'apaiser. Et moi aussi – je sais que c'est impossible, mais pourtant – je crois me souvenir de ses mains assombrissant la voûte diaphane de son ventre et en modifiant l'acoustique... J'étais de l'Air, et ça commençait à se savoir, puisqu'on me demandait souvent de chanter pour calmer les pleurs d'un nourrisson, chasser définitivement une migraine que l'*ochju* n'aurait fait qu'adoucir, ou bien, juste parce qu'on trouvait ça beau.

À l'école, ma première institutrice me pinçait fort les oreilles pour que j'arrête de chanter. Mais qu'y pouvais-je ? Ça venait malgré moi, de l'intérieur, bouche fermée. Le maître lui, était bien plus compréhensif. Il passait derrière moi dans les rangs et m'effleurait l'épaule, ou alors il disait juste : « Jacqueline, s'il te plaît ! », et je comprenais que j'avais recommencé. Le plus souvent c'étaient des airs d'opéra, les préférés de maman. Ils revenaient sans cesse, et me réchauffaient de l'intérieur. Une douce chaleur, qui se diffusait lentement, comme du café au lait, mais dans le sens inverse, qui remontait depuis mon ventre jusque dans ma gorge.

J'ai parlé bien plus tard que les autres. Je suis certaine que cela aussi a un sens, comme si d'emblée j'avais su que ma voix, il me fallait l'économiser pour quand j'aurais quelque chose d'important à en faire, quelque chose à dire. Ou alors, peut-être que je l'ai juste gardée en moi et comprimée comme un ressort pour qu'une fois relâchée elle jaillisse plus loin, et qu'on ne puisse plus me faire taire.

Partout je vois des lignes, elles courent autour de moi et il me semble percevoir le monde à travers un voile de tulle, comme la traîne d'une robe de mariée que le vent ferait danser juste devant mes yeux. Quand quelqu'un parle, elles bougent, ces lignes, et flottent au gré de ses intonations. Quand il crie, elles se font tempête. Pourtant, certaines voix sont moins qu'un souffle, même hurlées elles passent à travers l'étoffe sans la faire frissonner, aussi inutiles que si elles s'échappaient d'une chambre à air. D'autres au contraire sont puissantes, pas forcément plus fortes, mais puissantes : elles agitent la trame, font vibrer ce qu'elles touchent, se font elles-mêmes collantes comme de la toile d'araignée, enveloppant les choses et les gens. Et je me demandais si j'étais la seule à le voir.

Et puis, bien sûr, il y avait ma voix, ma voix différente, et que je commençais à peine à apprivoiser. Elle, c'était autre chose. Elle, c'était une clef. À la manière qu'elle avait de rebondir sur les gens, de faire résonner les creux ou les pleins en leur cœur, j'apprenais plus de choses que je n'aurais voulu savoir. Et, pour cela, je souffris beaucoup. Mais, cela n'a plus d'importance, car à présent je suis morte.

Je suis morte. Et, s'il est peu probable que vous accédiez à ces mots, semés dans le vent sans qu'ils vous soient destinés, je ne me tairai pas pour autant, sinon il me semblerait devoir disparaître encore.

Le passé. Il me revient par vagues, minuscules tout d'abord, comme des gouttes de rosée qui se forment sur mon front, coulent jusqu'à mes yeux, puis grossissent, et m'emportent comme une marée, me faisant revoir les instants, jusqu'à réentendre les voix, ces instants où j'étais en vie. J'explore soixante-deux ans d'une riche existence ; je traîne dans les coulisses, découvrant bien des choses. Comme tout à l'heure, mais peut-être était-ce il y a plus longtemps, où j'ai flotté jusqu'à un matin, jusqu'à une porte de bois qui, s'ouvrant sur moi et la rue, m'a réchauffé le cœur quand Mammò en est sortie, accompagnée de Joseph. Bien sûr, aussitôt j'ai compris où j'étais, et d'instinct je me suis projetée à l'intérieur, quatre étages plus haut, traversant la façade jusque dans ma chambre où je me suis regardée dormir, une jambe à moitié hors du lit. J'ai fixé ces pieds-là, promis à refouler le sol, ce visage serein qui, bientôt, quand il déboulerait à moitié endormi dans la cuisine, s'enfouirait sous les bras de maman, et je me suis enviée moi-même : j'ai été jalouse. Alors j'ai traversé la cloison pour la retrouver qui dormait encore, ma mère.

J'ai profité de chaque seconde, de chaque image, j'ai imaginé son odeur, mais je savais que je ne pouvais rester, une force, discrète mais implacable, me poussait à rejoindre mon frère et Mammò.

Je les retrouvai dans la rue, marchant sous le crépuscule.

Pour une fois, je pouvais les accompagner sans craindre qu'ils ne me repèrent, et m'amusais à marcher à reculons juste sous leur nez, leur faisant de terribles grimaces, jusqu'à la place d'Armes où, lasse de ce jeu, je me posai sur l'épaule de mon frère, et me laissai porter, moi qui ne pesais plus rien, comme autrefois, quand nous étions inséparables. J'aurais voulu que Joseph ou Mammò parle, pour apprendre notre destination, savoir ce qu'ils allaient y faire, lire dans leurs voix les maux secrets qui y avaient trouvé refuge, et puis, surtout, parce que les entendre m'aurait fait du bien ; mais ils restaient muets. Ils marchaient tels des automates, tel un train poursuit sa voie, étranger aux soubresauts qui l'agitent, aux collines, aux descentes faisant crisser ses freins, comme dans la rue du Colle, ce toboggan géant vers le Vieux-Port, qu'il me semblait n'avoir jamais descendu autrement qu'en courant et les bras écartés. Arrivés au Pouillon[1], nous prîmes à droite, passant sur les quais en direction du môle. Mammò eut l'air de s'en étonner, comme si elle-même ignorait où nous allions. Et je compris avec étonnement que c'était Joseph qui décidait du chemin.

Il stoppa net devant la dernière bâtisse, immeuble collé aux escaliers Romieu, et Mammò demanda :

— C'est ici ?

— Oui.

— Pourquoi alors ne pas avoir coupé par les escaliers ?

— Je ne sais pas...

Et cette réponse ne parut pas l'étonner.

— Et qu'est-ce qu'on fait maintenant ? demanda-t-elle encore.

1. Bâtisse du Vieux-Port de Bastia.

— Comme d'habitude, fit Joseph. On ouvre les yeux... On attend les mots...

De quels mots parlait-il ? Je n'en avais aucune idée. J'ignorais jusqu'à la bouche d'où ils pourraient sortir, ces mots qu'ils semblaient si décidés à attendre. Sur le port, à cette heure matinale, il n'y avait personne. Juste la silhouette noire de Mammò ruisselant le long des quais et ce garçonnet après qui j'avais si souvent couru qu'on me confondait avec son ombre. Les seules voix qui résonnaient ici étaient les leurs. Et ce spectacle-là, pour moi seule qui y avais accès, valait autant que le mystère qui nous avait conduits jusqu'ici. Ces voix comme le tracé noir d'un pinceau : celle de Mammò, élevant un rempart autour de cet enfant, une muraille malléable accompagnant ses gestes, précédant ses pas, comblant le creux des doutes où il aurait pu trébucher ; et celle de Joseph, cette tristesse qui évitait à ses mots de trop coller aux choses, de trop s'y attacher, comme s'il n'était que de passage dans cette histoire-là. Je commençais à comprendre. Et puis soudain, je ne compris plus rien.

Les paroles de mon frère, chaque syllabe, je les vis disparaître dans l'air, happées en plein vol – une porte invisible, à présent ouverte, les ayant avalées ; ses mots dont je savais par avance ce qu'ils deviendraient après avoir ricoché aux façades, ils ne seraient plus rien, pas même un écho. Et il y avait autre chose, plus bouleversant encore : son visage ! À sa manière de froncer les sourcils et de pencher la tête, je compris que Joseph était en train d'écouter. Oui, d'écouter ! Mais pas le bruit du vent s'engouffrant dans la ville, le frôlement des coques, la tension des amarres, le balancement d'une lanterne suspendue au loin, pas la cheville encore froide du vieil homme, trois étages plus haut qui, quittant son lit, posait un pied sur le sol, tous ces sons que moi seule, à présent, je pouvais percevoir, non, ce qu'il entendait, je le savais juste en le regardant, était articulé, construit, pensé, prononcé ou joué. Et je fus prise de vertige, car ce son-là, moi, je ne l'entendais pas !

— Il y a des notes. Tu les entends ? dit-il.

— Des notes ? s'étonna Mammò.

— Oui, de la musique ! Le début d'une mélodie mais... si faible.

— Je n'entends rien.

— Et pourtant oui.

— Et d'où ça vient ?

— Je ne sais pas.

Moi, si je les avais entendues ces notes, j'aurais su d'emblée d'où elles provenaient, qui les jouait, un homme ou une femme, jusqu'à son âge, et s'il allait mourir bientôt. Mais là, je n'entendais rien ; et c'est terrible de ne rien entendre quand, jusqu'alors, on a tout entendu.

— C'est une femme, je crois. Je l'entends qui fredonne, dit Joseph.

— Ah oui ! Et qu'est-ce qu'elle chante ?

— C'est sans paroles, une sorte d'air...

Un instant, j'ai pensé : « Est-ce possible que ce soit moi qui aie recommencé, je veux dire, comme avant, à chanter bouche fermée, sans même m'en rendre compte et que... et qu'il m'ait entendue ? Mon Dieu ! Faites que oui ! » Et puis Joseph s'est écrié :

— Elle chante, pour de bon cette fois, je l'entends !

— Bien ! fit Mammò. Et elle dit quoi, sa chanson ?

Joseph ferma les yeux et, répétant les mots entendus, il nous permit de les entendre. Les paroles d'une chanson d'amour, une chanson triste, la complainte d'une femme abandonnée par son amant. Une femme qui aurait voulu disparaître dans la fumée d'une cigarette.

Mais toi, fumée qui montes là-haut,
Répands un baume en mon cerveau,
Et pendant les heures moroses,
Apporte-moi l'oubli des choses...
Dans mon âme désenchantée
Nulle rose ne doit fleurir,
Tout s'évanouit dans La Fumée,
Désir, amour et souvenirs[1] *!*

Et j'ai pleuré en entendant ces mots. Non parce qu'ils étaient tristes, non parce que je les trouvais beaux, mais parce que je ne les avais jamais entendus, et donc jamais chantés, que cette voix n'était pas la mienne... et que Joseph ne m'entendait pas.

— Joseph ! Tu es là ? dit Mammò.

— Oui.

— Joseph, cette chanson, d'où vient-elle ?

— De là-haut ! dit-il en pointant du doigt une fenêtre.

Une seconde plus tard, moi que la matière ne contraignait plus, j'étais derrière ces volets.

À l'intérieur, il y avait juste un lit, un lit de métal sans paillasse, une chaise, une table et un chevet. Aux murs, des cadres avaient disparu, ne demeuraient plus que leurs traces, les rendant encore plus présents. Et si quelqu'un, ici, chantait encore, je ne pouvais le voir et encore moins l'entendre. Alors,

1. *Dans la fumée*, Jane Bos, 1930.

j'eus le pressentiment, comme un pan de mur se fissure laissant entrevoir un jardin, qu'il existait quelque part un endroit ignoré de moi où les échos perdus se répètent, à l'infini s'il le faut, jusqu'à changer d'aspect, à devenir méconnaissables : du feu, de l'eau, de l'encre, que sais-je...

La voix de cette femme était comme ça, autre chose qu'un son. Elle n'était pas d'ici, encore moins de maintenant. Un peu comme moi, sauf qu'elle, Joseph l'entendait. Pourquoi elle et pas moi ? Ne parlais-je pas assez fort ? Devais-je crier pour qu'il m'entende ? Avais-je seulement essayé ?

Mammò et lui montaient déjà les escaliers qui enveloppaient l'immeuble côté jardin. Je m'y précipitai pour essayer de me faire entendre à mon tour :

— Joseph ! Joseph, je suis là, tu m'entends ? hurlai-je à quelques centimètres de son visage. Dis-moi que tu m'entends ! S'il te plaît, mon frère. Si tu l'entends, elle, tu peux m'entendre moi !

Ces marches, j'avais conscience de ne pas les monter pour de bon, je voletais juste au-dessus, juste en dessous, n'ayant pas de vraie place en ce monde, mais quand, juste avant le premier palier, Joseph et Mammò passèrent à travers moi sans se douter de rien, je crus vraiment y trébucher, m'y vautrer salement, et être piétinée.

Au palier, ils marquèrent une pause devant la statue. Joseph tourna la tête à droite et longea la coursive jusqu'à l'unique porte.

— C'est ici ? demanda Mammò.

Il fit signe que oui. Et elle ajouta :

— Tu crois qu'il y a quelqu'un ? Je veux dire... vraiment quelqu'un.

— Je ne sais pas.

Mammò frappa. Il n'y eut aucune réponse. Elle recommença, calmement tout d'abord, puis, comme personne ne se manifestait, elle se mit à tambouriner, longtemps, trop longtemps, semblant redouter la suite. Résignée, elle se tourna vers Joseph en disant :

— Ce n'est rien, mon amour. La prochaine fois il y aura forcément quelqu'un. C'est déjà bien d'avoir trouvé l'endroit... On reviendra vite, c'est promis.

De murailles, sa voix était devenue écrin, drap de satin, balle de coton.

— Je sais, dit mon frère, ne montrant rien de cette déception qu'il vomissait pourtant comme un nuage de suie.

Mammò, qui n'était pas dupe, le prit dans ses bras.

— C'est rien... Vraiment rien... Laisse couler les choses !

Je ne sais ce qui m'intriguait le plus, le secret qu'ils partageaient et qui les avait menés jusqu'ici, les reflets irisés colorant les mots de mon arrière-grand-mère, ou juste cette étreinte dont je la croyais incapable.

C'est alors qu'une voix se fit entendre. Et, cette fois, nous l'entendîmes tous, car elle nous fit lever la tête.

« Il n'y a personne ici ! Mais, si vous y tenez,
je peux vous faire entrer ! »

...

Il me fallait quelqu'un pour ouvrir cette porte, amener la clef. J'aurais pu la cacher sous une pierre du jardin, dans le ventre gonflé d'un poisson ou dans le creux d'un arbre. Le gamin l'aurait retrouvée. Il trouve toujours ! Mais, un matin, je t'ai imaginée à ta fenêtre et ton regard m'a bouleversé...

Ma fille de papier, je te demande pardon. Un moyen, tu n'étais pour moi qu'un moyen, une astuce inventée pour faire avancer l'histoire mais, mot après mot, je me suis attaché à toi plus que je ne saurais dire. Et tu as bien raison de penser que je t'aime. Et je me sens coupable d'avoir contraint ta vie entre ces murs, coupable de chaque pliure infligée à ton âme comme à la feuille d'un origami. Une chimère, une licorne, un quart d'être vivant... Je ne t'ai laissé que les bribes que je jugeais utiles, et des reliquats de mémoire, distillés à mon insu, que je n'ai pas eu le courage de te reprendre. Pardon ma fille, ma fille de papier. Pardon, Lucia...

Encore un mot, un dernier mot, ma fille, pour t'apprendre ce dont tu ne pouvais te souvenir : que tu es de l'automne, du 15 octobre de cette année.

5
Lucia

On l'avait appelée Lucia. Curieux prénom, tant elle cherchait encore la lumière promise. Elle avait environ quarante ans, en paraissait cinquante, et avait oublié jusqu'à sa date d'anniversaire. Blanches étaient les années derrière elle ; Blanche aurait-elle pu s'appeler, si son père, qui avait choisi son prénom, y avait réfléchi davantage. Mais, au moment où elle était venue, il pataugeait dans d'étranges ténèbres que sa naissance avait éclairées...

Son père l'avait aimée, elle en était certaine, aimée et abandonnée juste après ; aimée comme s'il avait toujours su qu'il en serait ainsi ; le plus tendrement du monde ; comme s'excusant à chaque caresse des frustrations à venir...

Aussi loin que sa mémoire portait, elle avait toujours vécu ici, dans cet appartement, à regarder les bateaux ondoyer, appuyée au rebord d'une fenêtre. Dans la journée sans fin que paraissait être sa vie, c'était sa seule occupation. Elle aurait bien voulu trouver autre chose, n'importe quoi, même s'abrutir à force de ménage, mais la poussière aussi semblait fuir cet endroit. Lire, elle avait essayé, mais c'était peine perdue, la couverture du livre qu'elle avait attrapé, vierge de tout titre, était restée entre ses doigts, ses pages effondrées sur elles-mêmes voletant comme de la fibre d'amiante. Pour une fois, elle avait eu quelque chose à nettoyer.

Des visites, elle n'en recevait pas, les seuls visiteurs qui bousculaient la monotonie de son existence étaient ses rêves. En leur sein elle était plus jeune et beaucoup plus jolie, elle était courtisée et parfois courtisane, jalousée et jalouse à la fois, mais, étrangement, jamais vraiment heureuse, comme si son géniteur, soucieux qu'elle ne souffrît pas trop, avait veillé à ce qu'elle n'en ressentît pas le besoin. Elle regardait par la fenêtre les pêcheurs reprisant leurs filets et imaginait leur stupeur, si, les relevant, ils découvraient au milieu de la pêche du jour et d'autres vieilleries remontées du fond, les chiffres de sa date de naissance. « Suis-je une fille de l'été ? pensait-elle. C'est trop bête de ne pas le savoir ! Je me vois plutôt de l'automne, mon cœur est plus qu'enclin à la mélancolie, c'est même un trait de caractère que je partage avec mon père. Mais, après tout, peut-être suis-je de l'hiver... »

La neige, la pluie, elle ne les connaissait que par la paume de sa main à la fenêtre, car elle ne sortait jamais, il y avait bien une raison à cela mais, là encore, elle l'avait oubliée. Elle savait seulement que si elle sortait, elle pourrait rater quelque chose et que papa en serait contrarié. Et ça, elle ne le voulait pas. Rater quoi ? Elle se le demandait, et toutes ces questions sans réponse finissaient par l'étourdir au point qu'elle retournait observer les bateaux, et les heures ainsi passaient, et les jours avec elles.

Elle adorait les poires, les mangeait en toute saison, goûtait peu le salé, préférant de loin les gâteaux. Aux poires, évidemment. Par chance, il y avait toujours une pleine assiette de ces pâtisseries sur la table de la cuisine. Elle aurait voulu savoir comment elles arrivaient là, mais son attention, comme la mémoire d'un poisson rouge, durait à peine le temps d'un tour de bocal, et dès qu'elle les avait goûtées, elle oubliait ses questions.

Un matin, elle était blonde, brune le lendemain, méditerranéenne, mais cela, elle l'ignorait, ou du moins, n'en avait que de vagues souvenirs, persistances rétiniennes chassées du cadre du miroir par d'autres images. Sa vie était étrange, elle en avait conscience mais, comme elle n'en connaissait pas d'autre, eh bien, elle s'en contentait... Ou plutôt non, elle ne s'en contentait pas ! Elle se savait fraction, incomplétude, chimère. Qui pourrait se contenter de cela ? De ce quart de vie, de cette conscience diffuse, de ces souvenirs qui demeuraient ou disparaissaient à l'improviste, comme passés au travers d'un filtre invisible. Mais, même ça, même cette souffrance qui, au-delà de tout, racontait qui elle était vraiment, s'évanouissait avec le goût du fruit sur ses lèvres.

S'asseyant au bord du lit, elle entendit une sorte de bruissement. Elle eut juste le temps de baisser les yeux pour voir une chose brillante disparaître sous la commode. Elle se redressa, marcha jusqu'au meuble et s'agenouilla. Passant une main en dessous, elle fouilla à tâtons mais ne récolta rien, pas même un peu de poussière. Elle était pourtant certaine d'avoir vu quelque chose glisser. Elle pensait même savoir ce que c'était : une clef.

C'est que, depuis peu, celle-ci revenait sans cesse. Cela avait commencé par un rêve têtu qui s'était répété plusieurs nuits d'affilée. Dans ce rêve, elle se voyait traverser une immense pièce où une infinité de clefs étaient suspendues depuis le plafond par autant de fils de laine rouge. Au fur et à mesure qu'elle avançait, écartant les fils de ses mains, les clefs s'entrechoquaient, tintant comme des grelots avant de disparaître. Toutes sauf une, la dernière, au bout de la pièce, devant l'unique porte. Elle décrochait cette clef, certaine qu'elle serait la bonne, la glissait dans la serrure et tirait sur la poignée. La porte alors s'ouvrait et c'est elle-même qui disparaissait.

Bientôt il lui fut impossible d'ouvrir le moindre tiroir sans trouver cette clef. Elle la retrouvait aussi dans ses draps, sous son oreiller, sous une pile d'habits préparée la veille, sans qu'elle pût jamais l'attraper, celle-ci s'évanouissant comme un mirage chaque fois qu'elle tendait la main. Elle se consolait en pensant que, de toute manière, elle n'aurait su qu'en faire, la porte d'entrée avait déjà la sienne, visible dans la serrure, vierge de la moindre révolution, et puis, elle ne comptait pas sortir.

Ce matin-là, Lucia était à sa fenêtre, immobile, le front contre la vitre, à observer le flux et le reflux de l'eau entre les sémaphores, à interpréter les dessins des courants, à se demander comment il était possible de savoir qu'un rocher creux, expirant son air les soirs de tempête, avait donné son nom à cet endroit précis du port et d'oublier jusqu'à sa date d'anniversaire, quand elle fut intriguée par deux silhouettes déboulant sur le quai : une vieille dame, élégamment drapée dans son deuil, et un enfant.

Tournant le coin, ils disparurent, comme s'ils montaient les escaliers du jardin. À cet instant, Lucia sentit le métal froid dans sa main et, sans même jeter un œil, elle sut que c'était la clef. Elle sut aussi ce qu'elle ouvrait, que faire et ce qu'il faudrait dire. Tout cela sans avoir à y réfléchir, comme si papa le lui soufflait à l'oreille.

La fenêtre donnant sur les marches était ouverte, pas les persiennes, elle s'approcha sans bruit et écouta, cachée, la discussion qui se tenait juste en dessous, attendant le moment opportun pour placer sa réplique. Là, emplissant ses poumons, Lucia prit conscience qu'elle ignorait jusqu'au son de sa propre voix car elle n'avait jamais parlé et se demanda si elle en était capable. Alors, elle entendit : « Laisse couler les choses ! », et ce conseil, elle le prit pour elle-même. Attrapant la rambarde pour ne pas s'effondrer, à travers les stries des persiennes qui lacéraient la lumière, elle expira les mots :

« Il n'y a personne ici ! Mais, si vous y tenez,
je peux vous faire entrer ! »

6

Jacky

Immobiles, nous attendions que le basculement des volets révèle celle qui avait parlé. Et quand elle apparut, je crus à une énorme supercherie tant sa voix, que nous venions d'entendre, semblait désassortie, comme accolée maladroitement à sa personne. Je ne sais pas comment l'expliquer, les mots, les mots prononcés, ceux qui étaient descendus jusqu'à nous, ils avaient un poids, une densité, ils avaient fait ployer la trame ; je l'avais vue se reconstituer furtivement après qu'ils l'eurent déchirée dans leur chute ; quelques lambeaux flottaient encore dans l'air ; mais cette femme, elle paraissait sans relief, comme une image projetée sur la façade, une chose qu'on aurait fait disparaître en soufflant, trop légère pour porter la moindre parole.

Ses yeux étaient gris, je pouvais les voir parce que j'étais montée à sa hauteur, voletant devant sa fenêtre un étage au-dessus des marches, des yeux de la couleur que la mer prendrait dans quelques secondes quand le soleil sortirait tout à fait. Étrange d'ailleurs était mon intuition que la mer et ces yeux avaient quelque chose en commun, plus qu'une couleur, comme si cette femme, ayant trop longtemps vécu dans l'intimité des vagues, au point que pour elle sa vie et leur déferlement se confondent, avait fini par n'être qu'un reflet. Et je remarquai ses traits, fanés comme les fleurs du jardin, sa peau, semblable au calcaire des façades, ses gestes répondant à ceux de Mammò, et je pensai : « Oui, c'est ça, juste un reflet. Cette femme est moins elle-même que le reflet de quelque chose, le reflet de mille choses : une composition. Et ce n'est pas sa voix qu'on a accolée à elle, mais elle qui est accolée à sa voix, comme elle est accolée à cet instant, à cette histoire et à la vie en général. »

Mammò s'excusa pour le bruit. L'autre lui répondit que, de toute manière, elle ne dormait plus, et qu'elle n'avait pas dû faire tant de raffut que cela puisque personne n'était sorti pour se plaindre. Entendant à nouveau cette voix, je compris ce qui m'avait gênée et j'en restai bouche bée. Les mots de cette femme, ils ne pouvaient être les siens ! Ils sortaient bien de sa bouche et ses lèvres bougeaient en cadence, accompagnant proprement chaque son, mais ce n'était pas elle qui parlait, c'était évident, presque grotesque. Son diaphragme tout d'abord, si tant est qu'elle en ait eu un, était mort ou inerte, incapable de la moindre contraction. Et si malgré ça – comme par magie – ses poumons se gonflaient à rythme régulier, donnant l'illusion de la vie, j'étais certaine que l'air n'y pénétrait pas. Souffler la moindre bougie lui aurait été impossible, alors imaginez parler ! Sa gorge, c'était pareil : pas la moindre vibration, des cordes vocales absentes ou tellement distendues. Si j'avais eu le courage d'aller voir sous cette enveloppe ce qui s'y cachait vraiment, je suis persuadée que je n'y aurais trouvé que des bourres de papier, des feuilles chiffonnées la faisant tenir debout.

Et pourtant des mots quittaient bien sa bouche. Une voix

correcte, mais beaucoup trop lointaine, comme retardée par la retransmission d'un transistor qu'elle aurait avalé. Ce qui en revanche n'était pas feint, c'était ses expressions, très convaincantes, comme si elle-même ignorait qu'elle ne parlait pas vraiment. Oh mon Dieu, pensai-je, elle l'ignore réellement, c'est certain ! Alors, mes yeux s'emplirent de larmes et je ressentis l'irrépressible envie de l'étreindre, cette femme – quand bien même c'était impossible. Et, comme je l'enlaçais de mes bras invisibles, il me sembla entendre son cœur, à moins que ce ne fût le mien solidaire de son cœur de papier.

Mammò parut ne s'apercevoir de rien, en tout cas, aucun signe ne trahit le moindre étonnement face à cette caricature. Quant à Joseph, il était de nouveau absent. Alors la voix, par la bouche de cette femme marionnette, se fit de nouveau entendre :

— Vous êtes les parents du pauvre Auguste, c'est ça ? Le notaire, maître Minga... Oh, j'oublie toujours son nom ! Enfin, il m'avait prévenue que quelqu'un passerait pour récupérer ses affaires. Ça fait tellement longtemps que j'étais certaine que plus personne ne viendrait !

— Pourtant on est là, répondit Mammò, bluffante d'opportunisme, les parents d'Auguste !

L'autre hocha la tête :

— Vous avez quand même de la chance, encore un peu et vous trouviez porte de bois. C'est moi qui ai la seule clef ! Le notaire... Ah, son nom me reviendra plus tard ! Il me l'a confiée.

— Nous avions bien celle-ci, dit Mammò, brandissant une clef qui ressemblait étrangement à la clef de l'appartement de Saint-Joseph, mais elle ne fonctionne pas !

— Attendez, je descends ! répondit la voisine.

Souriante, Mammò lui lança :

— *Andate pianu*[1] *!* N'allez pas vous faire mal.

Le jeu de dupes entre Mammò, radieuse de pouvoir crocheter cette porte par un simple mensonge, et la voix derrière son paravent, dont l'unique but semblait qu'elle y parvînt, entortillait la trame en un tourbillon nerveux. Tout ici semblait faux.

— Joseph tu es là ? demanda Mammò.

La question ne manquait pas d'à-propos tant celui-ci semblait ailleurs.

— Joseph, réponds-moi si tu es là !

— Je suis là ! finit-il par lâcher sans pour autant nous en convaincre.

— Tu vois, on va pouvoir entrer ! Tu es content ?

Il ne répondit pas.

— Elle est gentille la voisine, fit encore Mammò, mais il va quand même falloir que je "l'écarte". Le temps de trouver. Attention, elle arrive !

« Que je l'écarte ? » Et puis, « trouver » quoi ?

L'autre descendait lentement, paraissant se servir de l'assiette entre ses mains comme d'un balancier. Et c'était amusant de l'observer, aussi concentrée dans les marches que si c'était le premier escalier qu'elle eût jamais descendu, s'arrêtant sans cesse pour regarder autour d'elle, le ciel au-dessus de sa tête, la fenêtre qu'elle venait de quitter, jusqu'à son ombre que le soleil levant étirait le long des remparts. Mammò alla à sa rencontre. L'autre, tendant l'assiette à bout de bras, la devança de ces mots :

1. Allez doucement !

— J'ai pensé que vous auriez peut-être faim ! Ce sont des gâteaux... à la poire... mes préférés.

— C'est trop gentil ! répondit Mammò. Laissez-moi vous faire la bise ! C'est un jour fascinant que le premier dimanche, vous ne trouvez pas ?

Tout en disant cela, elle avait esquivé l'assiette, saisi le bras de la femme et, avant que l'autre n'ait pu réagir, collé sa joue contre la sienne. Mais presque aussitôt, comme effrayée par ce contact, elle se projeta en arrière, sans une parole mais le regard changé.

Elle a compris ! pensai-je. En la touchant, elle a compris ce que j'ai deviné plus tôt : le vide sous l'enveloppe, le balsa sous la peau, la maquette. Elle sait que cette femme n'est qu'une ébauche, qu'un leurre.

Et je la sentis réfléchir, Mammò, peser le pour, le contre, l'important et le superflu, et faire un choix : comprendre ce qu'était cette femme ou bien ouvrir la porte.

En une fraction de seconde, elle se décida :

— Oubliez les gâteaux, dit-elle, c'est très gentil de votre part, mais on nous attend. Faites voir un peu cette clef, que je la compare à la mienne !

Je l'avais toujours trouvée étonnante, Mammò. Là, elle me déroutait : claquer ainsi la bise à la première venue ? Et puis, c'était quoi ces mots qui ne voulaient rien dire mais qui avaient éventré le sol : « *un jour fascinant que le premier dimanche* » ? Elle avait vraiment dit ça ? Des paroles vides comme la corolle d'une fleur, un trou où l'on ne pouvait que glisser, où n'importe qui aurait glissé d'ailleurs, n'importe qui mais pas l'autre. L'autre, elle, peut-être trop habituée à son propre vide, n'avait pas senti celui que ces mots avaient ouvert sous ses pieds. Dans la fraction de seconde où sa raison aurait dû s'enfoncer dans le piège de cette phrase dénuée de sens, elle avait continué à flotter, suivant sa propre route, par-delà le gouffre béant, insouciante, et Mammò l'avait reconnue telle qu'elle était vraiment : boiteuse, dissonante, apatride.

La chimère posa son assiette sur les marches, passa la main sous sa blouse, en sortit une clef, qu'elle tendit à mon arrière-grand-mère. Celle-ci s'en saisit d'un geste vif, et l'autre parut triste en cet instant, sans que je comprenne pourquoi.

— Voyons ça ! dit Mammò en observant la clef. C'est vrai qu'elle est différente de la mienne !

Avec, elle fit grincer la serrure d'un coup de poignet qui sembla faire vaciller le port entier autour de sa tige, et le ciel, et nous autres aussi, comme une page se tourne.

— Voilà, c'est ouvert ! lâcha-t-elle en se retournant vers l'escalier.

Mais l'autre déjà était repartie. Où avait-elle filé ? Je n'aurais su le dire. Même le son de ses pas semblait s'être perdu, avalé par les marches. Mammò aussi s'en étonna, tournant la tête dans tous les sens.

— Ne traînons pas ! asséna-t-elle à Joseph.

Une fois à l'intérieur, l'attrapant par les épaules, elle lui demanda :

— Et maintenant, tu entends quelque chose ?

Et comme s'il connaissait les lieux, mon frère fila dans la petite chambre. Il se planta devant l'unique chevet et fit coulisser le tiroir. Une fois, deux fois, dix fois...

— Tu entends ? dit-il.

— Non, répondit Mammò, rien du tout !

Moi j'entendais. Un bruit de carton, comme une carte à jouer qu'on cornerait de l'ongle.

Joseph tira un coup sec puis relâcha le tiroir qui se brisa sur le sol. Dépassant d'une des planchettes grises, un angle de papier, rabougri mais brillant, attirait l'œil. Mammò ramassa le bout de bois, le retourna, et on vit que quelque chose y avait été accroché dans le but évident de le dissimuler : une photographie. D'une pichenette, elle fit sauter l'attache et, retournant l'image, un visage de femme apparut, dont l'immense beauté me laissa sans voix.

Je le connaissais, ce visage, je l'avais déjà vu, mais il y avait si longtemps... Il émergeait toujours au milieu de mille autres quand l'envie prenait à maman, au moins une fois par an, de trier nos photos de famille. Nous commencions à les ranger, formant des petits tas, selon la date, ou bien par thème, mais les anecdotes, collant aux images, appelaient d'autres photographies qu'il fallait aussitôt rechercher au fond de la malle, et qui, une fois sur la table, dessinaient un univers autrement plus complexe faisant fi de la chronologie et des logiques artificielles, histoires voulant toutes être racontées, et peut-être inventées pour certaines, faites de détails, d'affinités secrètes, de regards passés inaperçus sur le moment mais que le flash du photographe avait figés dans la gélatine; mille histoires, têtues et persévérantes, rendant le tri impossible. Alors, la tête embrouillée, vaincus et mélancoliques, nous hissions le drapeau blanc et, d'un grand geste du bras, renvoyions les photos dans la malle.

Je vais vous dire ce que je sais de cette photo, celle cachée derrière le tiroir, bien peu de chose en vérité, mais comprenez d'abord qu'à cet instant, elle m'a fait penser à mon propre sort, au fait que moi-même j'avais rejoint la malle – et maman aussi avec moi –, à l'idée que les miens désormais sourient seuls de mes grimaces d'enfant, commentent mes coupes de cheveux sans risquer la moindre taloche, se disputent sans moi à propos de l'année supposée d'un cliché, et puis, quand il se fait tard, d'un grand geste du bras, me renvoient avec les fantômes.

Cette photo... À chaque fois, je reposais la question à ma mère : « Elle est belle, à quel âge elle est morte déjà ? » Et maman répondait : « Je ne sais plus ! Jeune en tout cas, de maladie... » Cette femme, Mammò l'avait forcément reconnue, car elle avait été sa belle-fille. Elle avait d'ailleurs pâli en la voyant, et la photo lui aurait échappé des mains si les murmures de Joseph ne l'avaient fait revenir à elle.

— Tu as dit quoi ? demanda Mammò.

— Ramène-moi ! répéta Joseph.

— Pardon ?

— Ramène-moi ! S'il te plaît !

— Oui... mon amour ! N'aie pas peur, on s'en va !

— C'est pas moi, fit Joseph. C'est elle qui te le demande.

Et Mammò relâcha la photo.

Le soleil bavait sur l'horizon quand nous sortîmes de l'appartement. Ses rayons parurent réveiller mon frère.

— Qui est-ce ? demanda-t-il en désignant le portrait.

— Quelqu'un que j'ai bien connu... Pas toi, tu es trop jeune.

— Qui ça ? insista-t-il.

— Disons qu'elle aurait pu être ta tante.

— Ma tante ?

— Oui, ta grand-tante. La femme de ton oncle François.

— De ton fils !

— Oui... de mon fils.

— Ça alors ! Je ne savais pas que... Et tata Anna le sait ?

Mammò faillit presque sourire.

— Oui, elle le sait. Je te raconterai, c'est promis.

— Ça alors ! continua Joseph. Et qu'est-ce qu'on va en faire ?

— De la photo ? Toi, rien ! Moi, je vais faire ce qu'elle a demandé : la ramener !

Elle rangea la photo dans une poche de son gilet, referma derrière elle, puis s'écria :

— Pas de détours cette fois, on rentrera par les escaliers !

Joseph acquiesça, ses yeux remontant déjà la pente.

— C'est quoi là-bas ? demanda-t-il.

— Quoi donc ?

— L'assiette, là, dans les marches !

— Ça ? Des gâteaux, la voisine est arrivée avec.

— La voisine ?

— La dame de la clef...

— Hein ?

— Comment ça, hein ? Joseph... tu te moques ?

Et Mammò, aussitôt, regretta ces paroles.

Trop tard, le visage de mon frère s'était fermé.

— S'il te plaît, ne te contrarie pas mon amour, supplia-t-elle. Des fois... des fois j'oublie comment ça marche... Allez, prends plutôt un gâteau... ils ont l'air délicieux.

La tête basse, Joseph soupira.

— Non... Gardons-les plutôt pour maman. Les gâteaux... c'est ce qu'elle préfère.

Sur le chemin du retour, les paroles échangées n'étaient que des diversions. Mammò portait le deuil des sourires de mon frère, lui-même traînait les pieds comme autant de pourquoi, et moi, moi que l'on n'entendait pas, je gardais justement le silence pour cela : parce que ma voix était inutile ; si Joseph ne l'entendait plus, elle ne servait à rien. Aussi, tout en donnant des coups de pied aux cailloux sur la route – cailloux qui ne bronchaient pas – je me fis la promesse d'arriver à me faire entendre. Et cette promesse-là trouva instantanément un écho dans mon cœur quand je réalisai que c'est par elle que j'avais toujours vécu.

…

Sur cette plage où joue mon père, à l'ombre de la tonnelle, jamais très loin de l'oncle François, il y a une femme ; la sienne. Le fil de mon histoire s'enroule à ses chevilles. Elle a les cheveux châtains, mais pour moi ils sont blancs, car je ne l'ai connue que comme ça. Pourtant, pour la raconter, il me faut l'imaginer jeune, pleine de force et de vie. Anna.

7
Joseph

Anna

Anna est née d'une absence. D'un départ. Elle est arrivée avec la foule qui se pressait dans l'appartement ce jour-là, et n'est jamais repartie, attachée comme un ourlet aux chevilles de mon oncle. Et si elle sembla vivre parmi nous, et parvint même quelquefois à nous le faire croire, elle ne vécut jamais qu'avec lui.

Homme à femmes, François avait dégotté la plus belle. Une sylphide de cinéma muet qui vous coupait le souffle quand vous tombiez sur elle au détour d'une rue ou vous laissait un temps nostalgique, dévasté par les pires souvenirs, ceux que vous n'aurez jamais. Aujourd'hui encore, je ne peux regarder sa photo, l'unique qui ait subsisté à ma connaissance, sans en être troublé. Car, un an seulement après que le photographe avait appuyé sur le déclencheur, comme s'il avait pressé le bouton d'un chronomètre, la belle mourait d'une mauvaise grippe, son ombre fluette, envolée, rendant nos murs inconsolables.

Inconsolable, François, dans son costume sombre, l'était tout autant. Hagard, chancelant comme une bête d'abattoir qu'un premier coup n'a fait qu'étourdir, on l'avait littéralement arrimé à un fauteuil du salon afin de ne pas le voir s'effondrer tandis que les gens affluaient depuis les escaliers pour présenter leurs condoléances. Une longue file qui finissait loin dans la rue.

Anna suivit ce flux. Avait-elle un but ? Qui peut savoir ? Ce qui est certain, c'est qu'elle avait su voir dans le drame qui s'était joué la miraculeuse opportunité d'accéder à cet homme qu'elle aimait en secret, et qu'elle jouait là son va-tout.

Devant le salon, elle bifurqua, glissant jusque dans la cuisine. Là, elle dit aux femmes qui s'y trouvaient, et qui certainement la connaissaient de vue, d'aller se reposer un peu, elle referait du café et veillerait à ce que personne ne manque de rien.

Toute la journée, Anna la passa dans la petite cuisine, à faire ce qu'elle avait dit, du café, des sandwichs, à aligner des petits gâteaux dans de grandes assiettes, à se familiariser avec l'emplacement de chaque chose, se fondant dans ce lieu, dans cet instant, rendant peu à peu son absence plus improbable que sa présence incongrue. L'escalier se désemplit, le couloir aussi, et bientôt il ne resta plus dans l'appartement que la famille, les amis proches, et cette jeune femme grande, plutôt jolie quoiqu'un peu raide, qui s'affairait à tout remettre en place, rinçant la vaisselle à l'eau claire, traquant les miettes jusque sous les meubles, rangeant les chaises éparpillées. On était fatigué, on la laissa donc faire, sans lui poser la moindre question et, par son activité, elle se fit oublier.

Quand la dernière personne à s'en aller la remarqua enfin, une éponge encore à la main, elle devança toute remarque en disant :

— Je termine et je pars !

Et l'autre n'y trouva rien à redire. Désormais, elle était

seule, seule avec lui. Lui, assis dans l'autre pièce, lui qu'elle pouvait entendre renifler.

Elle traversa le salon comme l'ombre d'un volet remonte la rue le matin, l'air de rien, se laissant glisser dans son dos sans qu'il n'esquisse le moindre geste. Là, musicienne à son pupitre, elle releva les bras, ses poignets frôlant les épaules de cet homme qu'elle n'avait touché qu'en rêve, et s'apprêta à reproduire les gestes, les gestes d'une autre, si douloureux quand elle les épiait de loin, depuis l'angle d'un bâtiment, si douloureux qu'elle avait désiré que celle qui les prodiguait mourût sur-le-champ, et, étrangement, elle avait été exaucée. Se sentait-elle redevable envers la providence ? Pensait-elle sérieusement être la cause de ce qui était arrivé ? Qui peut savoir ? Ce qui est sûr, c'est que le vide ainsi créé l'aspira, presque naturellement, à la vitesse prodigieuse à laquelle un trou dans l'eau se résorbe, et qu'elle s'y sentit bien dans ce trou, tout de suite à son aise, mieux que n'importe où ailleurs.

Les mêmes caresses que l'Autre, l'autre après-midi... Les mains qui remontent délicatement le cou de cet homme, effleurant ses oreilles. Et là, se penchant un peu plus, parce que plus grande, sur sa nuque déposer un baiser.

À ce geste, l'oncle s'anime, la mémoire de la peau a parlé, et tous les poils de son corps se hérissent du souvenir de la défunte, comme si quelqu'un avait joué le même air, les mêmes arpèges, posés maladroitement mais avec sincérité. Cette musique qu'il s'était résigné à ne plus jamais entendre, il est certain de la reconnaître. Alors, il se redresse, l'oncle, se retourne, et sa surprise fait mal à voir. Mais elle s'y était préparée. Elle fait bonne figure, lui sourit. Et elle continue, impassible, selon les notes de la partition : d'une main trouver sa joue, du bout des doigts caresser son front, puis sa tempe, fermer le poing sur ses cheveux... Il est étourdi l'oncle, il se demande... Et là, presque malgré lui, de la main gauche, il attrape sa hanche et la ramène contre lui. Elle a le même parfum, bien sûr. Seul son visage pour l'instant le gêne, alors il l'enlace, pour le faire disparaître ce visage, disparaître dans l'étreinte. Et le mystère opère, l'éclair qui embrase la nuit, elle est belle soudain à ses yeux, elle est autre soudain à ses yeux, dans le miroir de ses yeux clos, là où, lissés selon le souvenir, les traits d'Anna désormais se confondent avec l'image qui brûle en son cœur.

Et même si le baiser qui vient est immanquablement différent, peu importe, il a le goût de la soif ce baiser, le goût de la dévotion et, malgré tout, le goût du soufre, car, au fond de lui, il sait bien qu'il se ment.

Et il continue, égrène les boutons de sa blouse comme les perles d'un chapelet, glisse une main et agrippe cette poitrine, plus grosse, plus lourde que les petits seins de l'Autre, ceux parfaits, moulés selon sa paume, qu'il aimait prendre à pleine bouche, ceux-là mêmes qui, à cent mètres d'eux, dans la bière posée sur des tréteaux dans le chœur de l'église, ont déjà commencé à pourrir ; et il pleure, l'oncle, tandis qu'elle dégrafe son pantalon. C'est une trahison et la plus belle célébration de l'amour. Elle est assise sur lui et chaque coup de reins qu'elle prodigue fait défiler les lumières brisées d'autrefois, les souvenirs d'étreintes, les rais de lumière filtrant au travers des volets. Que partagent-ils à cet instant hormis la sueur et les larmes ? Peuvent-ils seulement se voir ? Il y a bien la friction de leurs peaux, le mélange de leurs salives, et après ? Non, c'est certain : ils ne se voient pas. Seule la morte, à cet instant, peut les voir. Immobile sous la coupole aux anges, pas encore tout à fait partie, elle les voit tous les deux et peut lire dans le bouillonnement irrésolu de leurs âmes plus clairement que dans aucun livre, le désir et la honte, le plaisir où l'on se réfugie, l'oubli de soi ; elle les ressent, plus que n'importe qui, ces choses qui viennent à effleurer sa peau tout juste marbrée, celles qui déjà l'ont fuie.

Et quand, en silence, Anna se rhabille, cette fois la morte a vraiment disparu ; seul son corps ici demeure, n'abritant plus que de sombres humeurs promises à souiller les coussins.

L'oncle reste muet tandis qu'Anna recule. Mon Dieu ! Comme elle voudrait qu'il parle, ou qu'il tende la main ! Mais non, le lâche, il est pétrifié. Pire, elle croit déceler du dégoût dans ses yeux ; et elle recule, et elle recule encore, et lui ne fait rien, ne montre rien que cette affreuse grimace qui la renvoie à sa propre laideur, la laideur de ce qu'elle a fait. Et pourtant, elle fait face, puisant en elle-même assez de force pour affronter le vide, et encore elle recule, sans détourner le regard, quand bien même elle voudrait s'enfuir, jusqu'au seuil, où, allant le chercher plus profond dans ses yeux, elle lui dit :

— À bientôt !

Le lendemain, pour l'enterrement, il fait affreusement chaud. La sueur mêlée à l'eau de Cologne auréole les chemises, et sur le front de la morte, qu'on aperçoit dans le cercueil ouvert, perle une étrange rosée. Devant elle, on défile encore ; retardataires, curieux, laiderons se repaissant de l'immanente justice qui fait que, très souvent, les beautés sont fragiles ; tous passent, brisant de leurs dos, de leurs nuques, de leurs pauses trop longues devant le catafalque, le lien des yeux, celui que le veuf, debout à quelques pas, voudrait indéfectible ; et François la fixe, depuis plus d'une heure déjà, et n'a pas bougé d'un cil ; bien sûr on vient l'embrasser et dire « condoléances ! », mais lui ne répond pas, ne vous regarde pas, il la fixe, et ce regard puissant pourrait vous transpercer si, à cet instant, vous partagiez le même univers, mais non, vous ne risquez rien : lui est ailleurs.

Anna est là, dans les premières rangées, assise à l'extrémité d'un banc, une fesse à moitié dans le vide ; on entend encore protester la vieille fille qu'elle a contrainte à se pousser à coups d'arrière-train pour se faire une place, mais Anna s'en moque, car à présent elle voit François, la douleur qui le défigure, ses poings qu'il ne desserre pas, ses yeux qu'on pourrait mettre en terre. Et puis, elle voit la morte, digne dans son cercueil. Et soudain elle comprend. Et comprendre fait terriblement mal. Elle sait qu'elle s'est trompée en se réjouissant trop vite ; la mort n'est pas l'alliée qu'elle croyait. Elle sait désormais qu'elle aurait préféré attendre, attendre le temps qu'il fallait, le temps qu'il se lasse, cet homme ; ils se lassent tous ; attendre que l'autre beauté se fane, que son corps avec les années épaississe, se flétrisse en portant des enfants, alors qu'elle, dans l'ombre, serait restée mince, mince et prête à l'attendre. Au lieu de cela, comme du givre, la mort a tout figé. Et c'est ainsi qu'il se souviendra de sa femme : belle jusque dans le cercueil – même ce teint pâle lui va si bien –, parée de toutes ces vertus que le temps aurait pu abolir. Quel malheur ! Elle aurait pu attendre. L'Autre sous le linceul est parfaite à jamais, quand elle n'est plus qu'une putain.

Les paroles du prêtre n'apaisent rien, elles renvoient chacun sur son banc à d'autres douleurs, à d'autres messes, à d'autres images qui rejoignent les mots prononcés pour rebondir d'un même écho dans les travées de l'église. L'oncle, lui, est toujours figé. Et comme il ne s'assoit pas lorsqu'il devrait le faire, personne n'ose plus. Les témoins de ce requiem passent la messe debout. Tous fixent l'oncle qui fixe le cercueil. Et le débit du prêtre, qui s'en aperçoit, irrémédiablement s'accélère. C'est une étrange messe qui se dit au pas de course, un long sprint pour recommander une âme à Dieu, préserver la raison d'un époux, épargner le dos des fidèles ; si rapide, en fait, qu'on pourrait voir la défunte entrer au paradis en « cassant » sur la ligne pour l'emporter d'une tête, quand bien même la pauvre était seule à courir.

Dans la précipitation, l'encensoir que le prêtre agite maladroitement heurte la caisse. Un bruit sourd qui sort l'oncle de sa catatonie ; il bouge ; un frisson parcourt l'assistance. Et, un instant plus tard, il est parfaitement réveillé quand le couvercle pivote dans l'air et fait disparaître sa femme ; c'est fini ; le prêtre parle encore mais c'est fini. Son regard ricoche sur le bois du cercueil, il est perdu l'oncle, il ne sait plus quoi regarder, alors il relève les yeux et cherche tout autour, mais l'église pour lui est déserte. Il est seul, il va s'effondrer, quand, tout à coup, il ressent une présence. À quelques pas de lui, un visage flou, brouillé par les larmes, mais qu'il reconnaît malgré le voile de douleur, grâce au voile de douleur, le même visage qu'hier ; celui qui, ne fuyant pas, ou si lentement, en dépit de la honte et du silence, a construit quelque chose où il n'y avait plus rien, une chose étrange, sans doute obscène, mais belle aussi, malgré tout ; c'est du sel sur une plaie béante que ce visage, une révolte où la mort régnait, un éclat de vie.

Est-ce vraiment elle qu'il fixe à présent ou est-il de nouveau parti ? Non, ses yeux ne sont plus vides, ils regardent, elle sent qu'il la voit. Sa main se lève comme pour faire un signe, elle la retient à grand-peine. Il est étrange ce regard. Peu importe. C'est déjà beau qu'il la voie encore. Hier, elle avait tant espéré qu'il lève une main, que d'un mot il l'empêche de partir. Rien n'était venu. Mais voilà que par ce regard, il la rappelle à lui. Elle le sent, elle l'espère. La mort aurait-elle laissé quelques miettes ?

Se peut-il seulement qu'il ait à ce point envie d'enjamber le cercueil pour rejoindre cette femme ? L'oncle ne sait plus. Est-il ce monstre-là ? Son bas-ventre tend à prouver que oui, et cette réponse lui donne la nausée ; il pourrait attraper ses couilles et les tordre de rage s'il n'était pas dans une église, et puis, tout d'un coup, l'image de cette gaule lancée à la figure des grenouilles de bénitier le fait presque sourire. Dans l'assistance, ceux qui remarquent ce rictus le plaignent alors d'autant plus qu'ils le croient devenu fou. Et fou, il souhaiterait l'être pour de bon si cela l'éloignait de sa peine, car malgré les exigences anachroniques de son corps, il est triste à crever. D'autant plus que désormais il se sent coupable, coupable de cette vie qui revient à lui par saccades, malgré lui, trop tôt, par la queue. Et il la hait encore plus, cette mort qui a pris sa femme et l'accable à présent de reproches. Alors, par orgueil, en un éclair, en un coup de sang, il décide qu'il n'en sera rien. Un soupir et ses yeux retournent au cercueil, non pour capituler mais pour dire au revoir, pas à sa femme, mais au chagrin de cette caisse vide car, en une seconde, il est parvenu à se convaincre qu'elle n'était plus là. Elle n'est pas dans l'ombre du tombeau, elle est dans la lumière du matin qui viendra, dans le prochain sourire, dans le soleil qui frappe les façades, dans les bras de cette femme qui l'attend, et ce n'est pas trahir que de l'y retrouver. Et ses yeux glissent jusqu'à ceux d'Anna, même si pour l'heure il ignore encore son prénom. C'est un serment que ce regard : jamais il n'oubliera sa femme, il la célébrera par la vie.

Au cimetière tout se passa très bien, on s'étonna juste de la vitesse à laquelle l'époux tourna les talons, sans même effleurer le cercueil après les derniers sacrements, passant du marbre au zinc, où il but à crédit tout ce qu'il devait boire, sans s'abstenir de faire des blagues, affreusement bouleversantes, bock en main, sur les sens du mot bière. Choisir la vie n'est jamais chose aisée. Quand il sortit en titubant, une ombre l'attendait qui l'aida à rentrer. Il fallut moins d'un mois pour qu'elle s'installe chez lui.

Ils n'auront pas d'enfant. Les mauvaises langues disaient que c'était elle qui n'en avait pas voulu, de peur d'avoir à partager l'amour de cet homme. En vérité, elle avait tellement souhaité qu'il lui donnât un fils. Un petit être avec les traits de son père mais attaché à elle à jamais ; parce qu'un fils ça ne s'en va pas ; sauf à mourir, avait-elle pensé horrifiée ; et, immédiatement, elle en avait voulu deux. Cependant, malgré les prières et les cierges brûlés, la Sainte Vierge ne lui accorda pas l'ombre du premier, pas même une fille, rien du tout. Elle pensait souvent, jamais sans se signer trois fois, avoir été maudite. Maudite par l'Autre dans son cercueil, maudite dès les premiers instants, maudite encore de ne rien regretter... « Oui, mais François ! » pensait-elle alors quand elle regardait en arrière. Et ces mots, à eux seuls, importaient plus que tout. Elle n'avait pas d'enfants : oui, mais François ! Pas de vrais amis non plus : oui, mais François ! Sa vie se cantonnait à trois rues, un appartement, une échoppe où elle travaillait à coudre des ourlets, un bout de plage où, quelquefois, elle riait de bon cœur, mais... elle avait François. Et, pour elle, c'était bien plus qu'assez.

Pour tout ce qui ne touchait pas à cet homme, elle semblait manquer d'imagination. Elle était incapable de penser une robe, de tracer à la craie un modèle élégant, de saisir l'air du temps pour rafraîchir une coupe, quand ses ourlets, eux, étaient parfaits, ses boutons solidement arrimés, ses retouches impeccables. Aucune fantaisie donc, rien qu'une parfaite maîtrise, sauf pour « François » ; en sa présence, elle perdait en contrôle ce qu'elle gagnait en inventivité, faisant preuve d'une finesse d'esprit jusqu'alors inconnue. Mais c'était surtout dans l'ombre que cette sagacité nouvelle donnait sa pleine mesure, dans mille manœuvres quotidiennes – de la plus anodine à la plus saugrenue –, pensées, développées et secrètement mises en œuvre, dans le but unique de conserver cet homme.

D'abord, c'est l'Autre qu'elle avait fait fuir, ce fantôme qui revenait avec le silence quand, après le café, François fumait sa Gauloise le regard dans le vide.

Au sourire béat qu'il arborait, elle devinait qu'il était avec elle, la fumée de sa cigarette venant presque à la dessiner : sa femme, la première. Ne pouvant congédier son souvenir, Anna se mit à traquer les silences, relâchant bruyamment des couverts dans l'évier, apostrophant à la fenêtre une invisible voisine, meublant de mille conversations les vides que l'Autre aurait pu occuper. Ses photos, cela faisait longtemps qu'elle s'en était chargée, comme un enfant rusé dépouille un cerisier, jour après jour, patiemment, sans se faire prendre.

Elle les avait brûlées dans le poêle à charbon. Toutes. Toutes, sauf la dernière, celle justement qui lui faisait le plus mal, parce que conservée sur le cœur de François, dans son portefeuille. Celle-ci, elle avait dû se contenter de la jeter par la fenêtre lorsqu'il était entré à l'improviste, pile au moment où elle fouillait son veston. Prise au dépourvu, Anna avait improvisé, et la photo avait voltigé dans les airs, tournoyant sur elle-même jusqu'au milieu de la rue. Après une explication brumeuse, Anna était descendue pour achever son œuvre, mais la photo avait disparu. Plusieurs jours durant, elle attendit qu'elle réapparaisse, que quelqu'un, l'ayant trouvée et reconnaissant la morte, ramène son portrait à François. Cela n'arriva pas. Alors, avec un sourire, elle imagina le portrait plaqué au pare-brise d'une automobile qui roulait très loin, collé sous une valise en partance pour les colonies, dans la poche d'un jeune homme qui, l'ayant ramassé, était tombé fou amoureux, et le gardait jalousement sur lui, épiant la foule à chaque coin de rue pour en retrouver le modèle. Elle aurait préféré la voir réduite en cendres cette photo, mais les kilomètres, les océans ou la prison d'un cœur, ce n'était déjà pas si mal. Et puis, pensa-t-elle, maintenant qu'elle avait chassé la morte, les vivantes ne feraient pas le poids. Oui, mais François...

Ce fut un parfum de violette qui discrètement l'alerta. Très vite il disparut et Anna fut rassurée. Le jasmin, lui, dura plus longtemps, au moins quelques semaines, puis le patchouli prit le pas. Anna frottait au savon noir des chemises imbibées par le parfum des autres, jusqu'à faire rosir le coton de ses doigts écorchés. Et, songeant à l'épouse, elle se dit qu'elle préférait de loin la puanteur de sa charogne à ces effluves-ci.

« Pourquoi donc es-tu morte, si moi aussi je dois le perdre ? » se disait-elle. Et il lui semblait pleurer pour deux.

Un jour ou l'autre il allait partir, elle en était persuadée, ce n'était qu'une question de temps. Ses écarts, ce n'était pas le pire, après tout, c'était un homme et elle savait regarder ailleurs, mais là c'était différent. Même quand il la prenait contre lui, il arrivait à Anna de se sentir seule. La tendresse avait fui ses mains qui avaient désappris son corps, et ses yeux glissaient sur elle comme si sa peau n'accrochait plus la lumière. Elle s'inventa des torts, se démena pour faire amende honorable, mais rien n'y fit. Ce n'est pas qu'il ne lui parlait plus, jamais il n'avait été très bavard, mais, comme s'il était frappé d'amnésie, il n'évoquait plus le passé, qu'il soit d'il y a dix ans ou simplement d'hier, se limitant au maintenant. Cette étroitesse nouvelle fit peur à Anna quand elle s'en aperçut, se sentant étouffer dans aussi peu d'espace, trop engoncée pour pouvoir se défendre, privée des ressources du temps, des caresses du souvenir, de l'inertie des habitudes. Tout ce qu'elle avait patiemment construit semblait s'être perdu. Et ce temps neuf, le seul qu'il consentait à partager avec elle, était comme des sables mouvants sur lesquels on ne bâtit rien. « Comment peut-il oublier mes caresses ? se lamentait-elle. Chaque matin je le retrouve comme blanchi à la chaux, comme un appartement dont on aurait repris les accrocs sur les murs : ces traces qui faisaient qu'on s'y sentait chez soi. Bientôt, il ne restera rien. » Et, jouant avec la commande de l'interrupteur, elle songeait qu'une simple pichenette du doigt suffirait à les plonger dans l'obscurité. C'est à ce moment qu'on frappa à la porte.

Elle ouvrit sans même demander qui c'était, et fut surprise à cette heure matinale de tomber sur Mammò. Aussitôt, elle pensa qu'il était arrivé quelque chose à François et l'air lui manqua. Mammò s'en aperçut qui s'empressa de la rassurer :

— *Aiò!* Je suis juste passée pour vous voir. Tu te fais du mauvais sang pour rien.

Anna soupira.

— Allez ma grande, fais-moi entrer et buvons un café, continua Mammò. Mon fils n'a pas dormi ici ?

— Non, répondit Anna, la devançant dans la cuisine, le vendredi soir il fait le Bastia-Ajaccio. Après, il couche en bas pour le retour du matin. Il ne va pas tarder.

— Alors, le café est prêt !

— Évidemment, fit Anna.

— Et toi, comment tu vas ?

— Ça va.

— Tu es sûre ? Je te trouve maigrie.

— Un peu... Pas de quoi s'inquiéter.

— Bien sûr que je m'inquiète ! Si je ne m'inquiète pas pour ma belle-fille, alors pour qui ?

« Elle est si triste, pensa Mammò. Jamais je ne l'ai vue comme ça. Ce n'est pas le moment. Je devrais repasser. »

« Sa belle-fille ! pensa Anna, mais pour combien de temps ? Combien de temps avant qu'elle ne m'oublie comme elle a oublié l'Autre ? Jamais, je crois, je ne l'ai entendue prononcer son prénom... »

— C'est la première fois que vous passez si tôt, fit-elle remarquer.

— Tu crois ?

— J'en suis sûre ! insista Anna.

Et, portée par une intuition, elle demanda :

— Il y a une raison ?

Mammò parut embarrassée.

— Aucune, vraiment. Enfin...

— Ah, vous voyez !

— Non... Rien..., hésita Mammò. Comment dire ? Tu vas trouver ça ridicule... Ne le dis surtout pas à François...

— Dites !

— C'est que... C'est que j'ai l'impression qu'il m'évite ces temps-ci, comme s'il me battait froid !

— Vous battre froid, à vous ? C'est impossible !

— Je sais, je sais... Qu'est-ce que tu veux que je te dise ? Peut-être que c'est moi après tout... Que je deviens sentimentale avec l'âge.

— Ce serait pas un mal ! laissa échapper Anna.

Et Mammò fit comme si elle n'avait rien entendu.

— Tu sais quoi ma grande, dit-elle après un moment, oublie le café, je reviendrai une autre fois. Il va arriver fatigué... je ne veux pas vous embêter. Dis-lui juste que je suis passée, ça le fera peut-être venir.

« Est-ce de la crainte que je lis dans ses yeux ? se demanda Anna. Ce serait bien la première fois. On croirait qu'elle veut fuir. Comme si... Comme si elle avait quelque chose à cacher. Oui, c'est ça, évidemment que c'est ça ! »

— Vous êtes sûre de ne pas vouloir l'attendre ? Il va bientôt arriver, il devrait déjà être là. Restez encore un peu...

— Non, fit Mammò qui s'était déjà levée pour partir, j'ai oublié mais, j'avais une course à faire pour Nénette. Je perds la tête, tu vois.

Mais à peine avait-elle dit cela qu'elle retomba lourdement sur sa chaise.

— Hé ! dit Anna. Qu'est-ce qui vous arrive ?

L'autre ne broncha pas.

— Françoise, ça va ?

— Oui, dit enfin Mammò. Ça va. C'est juste ma jambe... des fois... des fois elle me lance.

« C'est quoi ? se demandait Mammò. C'est quoi cette force qui m'a tirée en arrière ? » Et faisant mine de se frotter la cuisse, elle vérifia que rien n'entravait sa blouse, tout en sachant très bien que ce n'était pas ça.

— Finalement, je veux bien un café, dit-elle pour donner le change tandis qu'elle regardait dans sa poche.

C'était venu de là, de la poche du gilet, celle où elle avait rangé la photo, et ça continuait de tirer, quand bien même elle s'était rassise.

— Oui, c'est plus sûr d'attendre, soutint Anna satisfaite, François vous raccompagnera.

« Quoi qu'elle cache, pensait-elle, je le saurai quand François arrivera. Quitte à les espionner. » Et elle s'attela à faire la conversation.

— Ma mère mettait des coquilles d'œufs dans le filtre, vous savez ? Et quand le café avait fini de couler, elle le remuait avec le tisonnier brûlant. Cela lui donnait un goût incomparable...

— Des coquilles d'œufs ? dit Mammò, feignant de s'intéresser, c'est la première fois que je l'entends.

Elle savait qu'elle ne pourrait plus se lever, sauf à retirer son gilet et l'abandonner là, et la photo avec. La poche tirait de plus en plus. Mammò pouvait sentir le poids qui déformait la laine. « Anna va s'en apercevoir, pensait-elle. Mes doigts sur la photo sont pétrifiés de froid. Pourquoi tient-elle tant à être découverte ? » Et la seconde d'après, elle ne sentit plus rien.

— C'était quoi ce bruit ? demanda Anna.

— Je ne sais pas, dit Mammò.

Mais Anna, déjà, s'était penchée.

La poche avait fini par céder. La photo s'était écrasée sur le sol, comme si une main invisible l'y avait plaquée, et le visage de la morte, tourné vers le plafond, semblait sourire depuis le fond du tombeau.

— Mais c'est... c'est elle ! s'écria Anna.

— On dirait, dit Mammò.

— C'est impossible ! C'est vous qui l'aviez ? Tout ce temps... Vous ?

— De quoi tu parles ? Tu es toute pâle, fit Mammò tandis qu'Anna tendait une main vers la photo.

Celle-ci se laissa ramasser.

— Pourquoi la ramener ? murmura Anna. J'ai mis des années à faire qu'il se redresse... Vous voulez quoi, qu'il s'effondre ?

— Qu'est-ce que tu dis ?

— Vous ne comprenez pas ? Bien sûr que vous ne comprenez pas ! Je suis la seule à le comprendre... la seule à en prendre soin.

— Mais de quoi tu parles ?

— Chaque objet qui traînait, chaque parfum... Tout le ramenait à elle, à sa douleur.

— Tu parles d'...

— Oui je parle d'elle ! De sa Femme. Ne prononcez pas son prénom, il l'entendrait du coin de la rue !

— Mais...

— Mais quoi ? Ils sont jolis vos « Mais », très commodes. Mais moi j'ai dû agir... Être radicale.

— Je ne comprends rien, Anna !

— J'ai tout fait disparaître. Tout ! Ses papiers... sa vaisselle... Jusqu'à ses dés à coudre, trop petits pour mes doigts.

J'ai proposé qu'on déménage, mais il n'a rien voulu entendre. « Pour maman », il a dit. Mais je sais bien que c'était pour elle... Partir était au-dessus de ses forces. Alors j'ai fait de mon mieux... Chaque trace, je l'ai effacée. Ses vêtements d'abord, pour me faire de la place. Il aurait pu le comprendre, mais toujours dans son dos. Toujours dans son dos... Partir les poches pleines, creuser un trou très loin, et l'oublier ce trou. Les photos, c'était moins évident. Elles vous regardent les photos, elles vous accusent. C'est pour ça aussi qu'elles doivent disparaître.

— Tu n'as pas fait ça !

— Je n'ai pas fait ça ? Qui d'autre alors ? Il fallait le relever cet homme. Il était comme un sac éventré, chaque souvenir le vidait de lui-même. Moi je l'ai rapiécé ce sac, je l'ai fait tenir debout. Vous ne savez rien vous...

— J'étais là, moi aussi.

— Non, vous n'étiez pas là ! Vous ne pensiez qu'à votre fille. Dès qu'elle est partie, vous n'avez plus regardé que de ce côté-là ! Sa douleur à lui... vous n'avez fait que l'apercevoir.

— Tu te trompes !

— Non, je ne me trompe pas. Votre fille, votre deuil ! J'ai toujours su que vous n'étiez plus là, enfermée dans votre tristesse. Lui, vous le laissiez dehors, comme s'il ne souffrait pas.

Et Mammò écouta Anna raconter la vie qui avait coulé de l'autre côté du mur, là où elle n'avait pu regarder :

— Sa femme meurt, je le tiens à bout de bras, et alors qu'il peine à se relever, il perd aussi sa sœur, et vous aussi avec elle... Vous étiez aveugle, mais pas moi ! Ailleurs, tout est flou pour moi, mais pas autour de lui... Pas autour de lui ! Je le comprends moi, je le devine, c'est comme si je lisais en lui. Mon Dieu comme il a souffert, le pauvre. Et tout ça... tout ça, à cause d'une simple erreur.

Et Anna se mordit les lèvres d'avoir prononcé ces mots.

— Une erreur tu dis ? Quelle erreur ? fit Mammò.

— Non, rien... Ne faites pas attention !

— Dis-moi ! insista Mammò, qui pouvait ressentir son trouble.

— Rien, rien du tout... Oubliez ce que j'ai dit.

Mammò se redressa.

— Tu as peur. Je le sens. Pourquoi tu as peur ? Tu me tournes le dos. Tu étais furieuse, mais maintenant tu as peur... Dis-moi !

Mais Anna restait muette.

Libérée du poids de la photo, Mammò se rapprocha d'elle. D'une main elle la fit pivoter, et posant l'autre sur son front, elle murmura :

— S'il te plaît.

Les bras d'Anna retombèrent aussitôt sur ses cuisses, et les yeux grands ouverts elle commença à raconter :

— Il s'est trompé... Il s'est juste trompé. Les ampoules se ressemblaient tant.

— Qui s'est trompé ? demanda Mammò. François ?

— Non, pas François. Il arrive plus tard dans l'histoire. Ou plutôt non, il n'arrive jamais. J'ai fait tout ce qu'il fallait pour ça.

— Qui alors ?

— Le docteur, c'est lui qui s'est trompé. Le docteur Bartoli.

Sur le front d'Anna, la main de Mammò était brûlante de fièvre.

— Comment ? Comment il s'est trompé ?

— Les ampoules... même observées en plein soleil, on pouvait encore les confondre. La teinte du verre fumé masquait celle du produit… et l'appartement était sombre… et le ciel était gris. Il était pourtant précautionneux le docteur, il les rangeait toujours dans des poches bien séparées, ses ampoules. La bonne aura renversé la sacoche et tout rangé à la va-vite. On ne saura jamais.

— Il y avait quoi dans ces ampoules ?

— Je ne sais pas moi. C'est lui qui disait s'être trompé. Un fortifiant, je crois, mais quoi qu'il ait pu injecter, ça a provoqué l'accouchement. Trop tôt, beaucoup trop tôt.

— L'accouchement, tu dis ?

— Oui, l'accouchement… même si personne n'est né.

Et Mammò serra les dents pour ne pas hurler. Une seule question comptait désormais, mais elle n'osait pas la poser. Elle n'eut pas à le faire.

— La mère a perdu beaucoup de sang, continua Anna, mais vous le savez, puisque vous étiez là.

— Oui, murmura Mammò, j'y étais.

— Elle a beaucoup souffert, dit encore Anna.

— Oui, beaucoup.

— Elle s'est battue pour vivre…

— Jusqu'à son dernier souffle.

— Et puis, elle est partie.

— Mon Dieu !

— Joséphine.

— Ma fille…

Et Mammò s'effondra dans les bras d'Anna.

Celle-ci, revenant brusquement à elle, s'étonna de cette étreinte mais ne la repoussa pas.

— Depuis quand sais-tu pour le docteur Bartoli ? demanda Mammò.

— Le docteur ?

— ... qu'il a tué ma fille ?

Et Mammò serra plus fort.

— Ça fait longtemps, répondit Anna. Il est venu comme vous un matin, pour voir François. J'ai entendu deux petits coups secs sur la porte, et des pleurs, comme des miaulements. Le temps d'aller ouvrir, il était déjà reparti. Je l'ai rattrapé dans l'escalier. Il s'est assis sur les marches et, à peine je lui ai demandé pourquoi il était là, il a vidé son sac, ça faisait trop longtemps qu'il le portait.

— Et il a dit quoi ?

— Il a surtout beaucoup pleuré. Et puis il a parlé de l'accident. Il voulait tout dire à François, lui raconter la vérité sur la mort de sa sœur, lui demander pardon.

— Et moi alors ? Pourquoi il n'est pas venu me voir, moi ?

— Vous ?

— Oui, moi !

— Mais vous, il a peur de vous ! Il baisse toujours les yeux quand vous êtes là.

— Et toi alors, pourquoi tu n'as rien dit ?

— Pour la même raison que j'ai fait fuir le docteur. Pour que François n'en sache rien.

— Pourquoi ? dit Mammò, relâchant son étreinte pour la regarder dans les yeux.

— Il ne l'aurait pas supporté. Il commençait à peine à se tenir droit. Ça l'aurait achevé. Il se serait cru maudit. Je ne pouvais pas laisser faire ça. J'ai dit au docteur que je lui crèverais les yeux s'il lui racontait. Mais je devais l'effrayer moins que vous car il a dit que c'était impossible, qu'il devait parler. Alors je l'ai pris par le col et je lui ai dit que s'il racontait quelque chose, je dirais à tout le monde qu'il avait bu ce jour-là, que je l'avais croisé et qu'il sentait l'alcool. Alors, il a cessé de geindre. Il m'a regardée d'un air dégoûté, et il m'a dit : "Les femmes de cette famille sont folles !" Et il est parti en courant.

— Tu l'as fait pour mon fils ?

— Oui, répondit Anna, comme toujours.

Et Mammò la ramena tout contre elle.

Elles avaient presque terminé la cafetière quand la porte s'ouvrit et que François entra. Elles l'avaient bue en silence, sans se quitter des yeux, comme se voyant pour la première fois. François fut surpris en apercevant sa mère, et plus étonné encore quand, pour dire au revoir, elle le prit dans ses bras et déposa un baiser sur sa joue. Anna esquissa un sourire. La porte refermée, elle se retrouva seule avec lui ; lui et une nouvelle odeur de rose qu'il ne prenait même plus la peine d'essayer de masquer.

— Comment s'est passé le voyage ? demanda-t-elle.

— Comme d'habitude, répondit-il.

— Je vais refaire du café, celui-là est froid.

— Oui, fais ça.

Un local vide, aux murs lisses et blancs, vierges de souvenirs. L'image passa devant les yeux d'Anna. C'est à peine s'il avait dit bonjour, et depuis, il ne la regardait plus, occupé à feuilleter son journal.

Elle profita de déposer le café pour lui caresser le dos. Il haussa les épaules.

De la pointe du pied, il fit sauter une chaussure qui valdingua sous la table. Il s'apprêtait à faire de même pour la seconde, mais celle-ci lui donna du fil à retordre. Il se plia pour défaire le lacet, et on l'entendit s'écrier :

— Qu'est-ce que c'est que...

— Quoi ? sursauta Anna.

— Une éternité...

Et observant ses mains vides, Anna comprit. La photo, comment avait-elle pu l'oublier ?

— Comme je l'ai cherchée, dit François.

— Ah oui ?

— Comment ça : "Ah oui ?" Je t'ai demandé mille fois !

— Je ne m'en souviens pas.

— Pfff! souffla-t-il. En tout cas, je suis content...

Cinq minutes déjà que François est penché sur la photo. Du bout des doigts il caresse l'image, s'approche pour la respirer. Et, tout ce temps, Anna a la tête sous l'eau. Elle n'en peut plus, elle va pleurer, se rendre. C'est alors qu'elle réalise qu'il sourit ; qu'il lui sourit à elle ; et son sourire est franc, et son sourire est tendre, et son sourire réchauffe les murs, ramenant un peu de vie dans l'appartement. Et François va parler :

— Elle était belle ma femme !

Anna se noie.

— Trop belle pour moi. Trop belle pour ce monde. C'est pour ça, tu sais, qu'elle est partie si vite...

« Mon Dieu ! pense Anna, il n'a pas le droit de me dire ça, pas le droit de me parler d'elle ! » Pourtant, même s'ils font mal, ces mots, même s'ils sont de l'acide, elle ne peut s'empêcher de les écouter, de les boire, quitte à mourir juste après. D'ailleurs, c'est décidé, après ça, elle ira mourir.

Et François continue :

— Et puis... Et puis je t'ai eue toi.

« Qu'est-ce qu'il raconte ? » se demande Anna.

— Toi, je ne t'ai pas vue venir. Toi, je ne t'ai même pas rêvée. Toi, tu étais juste là quand j'ai rouvert les yeux.

Et Anna pleure tandis que François se rapproche.

— Et, tu es là ! Tellement là que, des fois, j'en viens à t'oublier. Là, jusqu'à disparaître... Mais maintenant je te vois... Et je peux te toucher...

Anna voudrait repousser cette main qui s'est posée sur sa hanche, posée comme autrefois, mais elle en est incapable. Cela fait trop longtemps qu'il ne l'a pas attrapée comme ça. Et, pour cette faiblesse, elle se hait. Avec toute la dureté dont elle est capable, elle se hait.

— Pardon, pardon..., répète-t-il en embrassant sa nuque.

Et, avant de s'abandonner, l'évidence qu'Anna perçoit lui fait presque chuchoter les mots : « Il ne peut m'aimer que comme ça... »

Sur la table qui craque sous les coups de boutoir, contre sa cuisse déjà transpirante, le sourire de la morte qu'elle aperçoit sur le papier glacé a quelque chose de triomphant. Et alors que François récupère, Anna, déjà rhabillée, marche, photo à la main, jusqu'au miroir de l'entrée ; celui-là même où elle ajuste sa tenue le matin pour sortir, rectifie sa coiffure chaque soir en rentrant ; elle marche ; sa volonté épuisée, chaque pas résonnant lamentablement d'une résignation presque heureuse, et vient coincer l'image, tout en haut, dans l'angle, entre le verre et le bois du cadre.

— Voilà ! dit-elle. On la laissera ici. Comme ça, on ne l'oubliera plus.

...

Elle aurait tant de choses à dire, cette photo. Collée dos au miroir ; raconter comment elle a ouvert les yeux...

8
La photo

C'était au bord de l'eau, la brise sur mon visage, le soleil sur ma peau, le goût du sel, les arapèdes sur les rochers creusant des cratères sous mes fesses… Toutes ces choses dont je ne peux plus que rêver. Le bruit du déclencheur, emporté par le vent, je ne l'ai pas entendu. Il résonne pourtant quelque part, car il me semble l'entendre à présent que je m'endors les yeux grands ouverts, moi qui ne sais plus fermer les yeux. C'est François qui a pris la photo, avec l'appareil d'un Américain rencontré dans la micheline qui, las de trimbaler ce machin qui pesait le plomb, s'en était débarrassé en le lui offrant, avec tout un jeu de pellicules, contre une bouteille d'eau-de-vie qui n'avait été qu'un prétexte.

La première photo qu'il a prise de moi. Sa préférée aussi. On avait été surpris qu'elle ne fût pas floue et, en vérité, elle l'était un peu, mais ça rendait très bien, comme fait exprès par un véritable artiste. Il la portait toujours sur lui, porte-bonheur qui s'est révélé inefficace, incapable de m'empêcher de mourir. Trop tôt, trop jeune.

Quand, juste après qu'on me les a clos, j'ai rouvert les yeux sur le monde, je n'en avais plus deux, mais bien une vingtaine. Chaque paire, où qu'elle se trouvât, me laissant voir ce qu'on lui donnait à observer : notre salon, à travers le verre d'un cadre suspendu au mur, ma chambre, depuis la commode face au lit, ou bien encore, collé tout contre mon visage, le bord fripé d'un billet de vingt francs... Et je pensais : « Est-ce là le délire de la fièvre ? » Je le crus tout d'abord quand, au milieu de visions angoissantes de gens en pleurs, de pièces enténébrées, et même d'un cercueil aperçu du haut d'un autel, j'entrevis, qui s'agitait dans l'ombre, une femme, à califourchon sur François.

Il me fallut du temps pour comprendre, et plus encore pour accepter, que je voyais cela à travers les photos, chaque image de moi, abandonnée quelque part, devenue fenêtre sur ce monde que j'avais quitté. Dix paires d'yeux et pas la moindre larme, ces visions diluant jusqu'à ma peine, comme si mon âme, éparpillée entre ces points de fuite, avait perdu le fil de mon chagrin. J'aurais voulu fermer les yeux, les couvrir de mes paumes moites, me concentrer sur la douleur que j'aurais ressentie vraiment, mais c'était impossible, trop d'images, trop de bruits, trop d'endroits. Et je chutais, et je chutais encore, venant à espérer un sol où m'écraser, mais rien, rien que la chute.

Cela me prit beaucoup de temps mais, au prix d'efforts dont ma beauté m'avait dispensée toute ma vie, je parvins à isoler des images assez longtemps pour y trouver quelque réconfort, interrompant le flux discontinu des choses comme on recueille entre ses mains l'eau glacée d'une fontaine ; juste assez de temps pour boire. Je n'ai survécu que par cela, mon esprit je veux dire, par ces instants volés, ces toussotements de réverbères éclairant l'obscurité par intermittence. C'est grâce à eux que je n'ai pas sombré dans la folie.

Et puis, sans que je sache pourquoi, certains de mes yeux se sont clos, et bientôt il ne me resta plus que trois points de vue : la photo du salon, celle du portefeuille, et l'autre enfin, qui donnait sur l'allée 23 du cimetière, celle de ma plaque tombale. C'est par elle que je compris ce qui se passait vraiment, car au fur et à mesure que mes yeux s'éteignaient, je gagnais une vision plus précise, ayant moins à voir et plus de temps pour le faire. C'est là que je l'ai vue : elle détruisait mes portraits. Je l'ai vue remonter l'allée, épiant au coin de chaque tombe si quelqu'un approchait, sortir de sous sa robe de gros ciseaux de couture et frapper, brisant le verre, là, pile entre mes deux yeux. Péniblement, elle a dégagé la photo, s'entaillant le doigt au passage, et puis elle l'a déchirée. Malgré ça, j'y voyais encore lorsqu'elle a glissé les bouts dans sa poche. Ce n'est qu'avec les flammes du poêle – celui de notre appartement – faisant cloquer le papier, que ces yeux-ci se sont fermés pour de bon.

À présent, j'avais tout loisir d'inspecter le salon, sa nouvelle décoration, avec ses rideaux pourpres que je trouvais affreux et ce lustre trop gros dévorant le plafond ; le temps surtout d'être triste, et de comprendre que désormais j'étais de trop dans ces murs. Dans ces murs, mais pas dans le cœur de François. Lorsqu'il ouvrait son portefeuille et me regardait dans les yeux, j'avais la certitude d'y être encore chez moi.

Qu'allait-il se passer quand elle aurait tout brûlé ? Je l'ignorais. Allais-je disparaître moi-même, errer aveugle dans les limbes ? À quelles ténèbres la jalousie de cette femme me condamnait-elle ? Des photos rescapées, c'est justement celle du salon qui disparut la première, un geste prétendument maladroit, un chiffon à la main, qui fit tomber le cadre. François était là, le visage contrarié, qui me releva. Mais, aussitôt, elle lui prit le cadre des mains, lui promettant sans doute de le faire réparer. Bien sûr, cela n'arriva pas et la photo brûla le soir même.

Cependant, privée de mes yeux superflus, j'étais enfin entière, reconstituée par les flammes. Entière et à l'endroit où j'aurais toujours voulu demeurer : tout contre mon époux. Et si, chaque fois que la lumière venait à frapper le cuir du portefeuille, je sursautais, de peur de voir apparaître le visage de l'Autre, j'avais surtout le bonheur d'entrevoir celui de François ; renfrogné le matin quand il payait le journal, empourpré quand il quittait le bar, mélancolique aussi quand, par-delà les billets, c'est moi qu'il venait chercher. Le reste du temps, la pénombre m'enveloppait, comme celle d'une chambre en été quand on referme les volets pour la sieste. Et, mon angoisse s'atténuant, je retrouvai le sommeil ; d'abord de simples assoupissements puis, comme autrefois sur la banquette, dormir à poings fermés, bavant comme un gros escargot.

Et puis, un jour, c'est elle qui m'a réveillée. J'ai cherché derrière son épaule le visage de François, mais il n'était pas là. J'étais seule, seule avec elle. Seule et j'allais mourir ; pour de bon cette fois. À son regard de folle, je compris qu'elle savait que c'était la dernière photo. Et, reculant jusqu'à la fenêtre pour m'observer en pleine lumière, elle sourit. Dans une seconde, il n'y aurait plus rien.

Si j'avais pu, j'aurais fermé les yeux. Mais j'aurais tout loupé de son étonnement, de sa pâleur soudaine, de sa bouche grande ouverte, de sa peur – il me semble –, de sa figure atterrée d'enfant surprise en pleine bêtise. Et j'ai espéré que, peut-être, François était revenu à temps, qu'il l'avait attrapée sur le fait, qu'il la chasserait pour cela. C'est alors qu'elle a jeté la photo par la fenêtre. J'ai vu la cabriole folle des façades d'immeubles s'enroulant autour de moi tandis que je tombais, et puis vriller le regard de cet homme; celui qui a ramassé la photo; son coup d'œil à gauche, puis à droite, juste avant de la glisser dans sa poche.

Je le connaissais cet homme, il m'avait toujours fait de la peine. Un vieux garçon timide qui ne m'avait jamais adressé la parole, mais que j'avais surpris à m'observer à la dérobée. J'avais d'ailleurs demandé à François :

— Tu le connais lui ?

— Qui ça, Auguste ? Pourquoi ? Il t'embête ?

— Non, pour savoir.

— Je dois m'inquiéter ?

— Comme tu es bête !

— Un gars discret, avait-il expliqué, un brave type qui vit encore chez sa mère. On dit qu'il est pédé.

— Ah bon, on dit ça ? Moi, je suis sûre que non !

— Alors, je vais vraiment m'en méfier, avait répondu François.

Et, les yeux pleins de malice, il avait ajouté :

— Enfin... au moins jusqu'à sept heures moins cinq !

— Qu'est-ce que tu dis ?

— Sept heures moins cinq, tu sais ?

— Non, quoi ?

— L'heure à laquelle il rentre. Sinon...

— Sinon quoi ?

— Sinon maman vient le chercher au bar !

— Pas possible !

— Si ! Je te jure, avait ri François, c'est vraiment arrivé ! Il était rouge, le pauvre. J'avais de la peine pour lui. Et maintenant, à chaque fois qu'il enfile sa veste pour partir, on entend des : "Déjà sept heures, Auguste ?" ou des : "Un bisou à maman, Auguste !" Et il s'en va en baissant la tête.

Peut-être était-il justement sept heures quand il a ramassé ma photo ? Peut-être que toutes ces humiliations n'avaient eu pour but que cela : être là, pile à l'heure pour me regarder tomber du ciel à ses pieds. Mais peu importe où il allait et ce qu'il devait y faire, je le remerciai de m'avoir éloignée de l'Autre. Et, éreintée par les émotions, je sombrai dans le sommeil.

Je m'éveillai à la lumière d'une lampe, une lampe de chevet qui éclairait son visage comme s'il était assis au bord d'un lit. Dix minutes, dix minutes pleines, et je ne sais combien avant ça, Auguste m'a regardée, sans faire la moindre pause, sans même cligner des yeux. Un regard lourd, affranchi de toute contrainte : de la timidité, abandonnée dans la rue, de la bienséance, refoulée derrière la porte. Le regard avide et serein d'un homme accédant à un trésor secret, et qui se persuade qu'à partir de cet instant il pourra tout supporter, à commencer par les autres, que tout glissera sur lui, les vexations et les ricanements, que rien ne pourra plus l'atteindre, tout ça, par la seule anticipation de ces moments-là, ceux où il sera seul avec son trésor.

Il m'a cachée dans les pages d'un livre. Jamais il n'en avait ouvert. Chaque soir, il venait m'y trouver, me faisant la conversation. Avec le temps, j'appris à lire sur ses lèvres, et bientôt je sus tout de sa vie. La raconter est inutile, François l'avait bien résumée. Il est des vies qu'on résume en une seule ligne. Pourtant, collée aux mots que je ne pouvais lire, j'attendais ceux d'Auguste avec une impatience d'enfant. Ils étaient ma fenêtre sur la rue, une faible lucarne donnant sur une impasse, mais par laquelle une brise asthmatique rafraîchissait mon front, et l'espoir d'y voir passer l'ombre de François me donnait du courage.

Et cet homme, cet homme de rien, disant des mots de rien : il devint mon ami.

Je n'ai pas compris. Pas compris ce qui se passait quand la lumière du jour a frappé mon visage comme une gifle, rien, jusqu'à ce que la photo se retourne et que je découvre la femme qui m'avait arrachée du livre. Une petite vieille au regard dur qui me détestait déjà. Et comme elle me tenait face à elle pendant qu'elle parlait, j'ai pu lire sur ses lèvres. C'était facile, elle parlait comme Auguste. Les gens d'une même famille parlent de la même façon : les mêmes tics, les mêmes pauses, les mêmes mots. Elle parlait comme son fils. Enfin, elle, elle hurlait. Et son fils en faisait tout autant, sauf que pour lui c'était différent : c'était la première fois. La première fois qu'il s'opposait à elle. Je devinais cela dans les yeux atterrés de cette femme, dans ses larmes, dans cette ride qui, se creusant sur son front, semblait sur le point de le fendre. Auguste lui arracha la photo des mains et la repoussa hors de la chambre. Il verrouilla la porte derrière lui et se laissa tomber sur le lit, haletant et la mâchoire serrée. Je voyais ça depuis sa main, depuis ses doigts tremblants, crispés sur la photo, et j'étais fière de lui. Là, il me regarda, et son regard cette fois ne s'adoucit pas. J'aurais été de chair et de sang que j'en aurais eu des frissons ; et j'aurais eu raison. Il rapprocha la photo de son visage, eut un drôle de sourire, et me plongea dans une ignoble obscurité moite quand il se mit à la lécher.

— Non, pas ça Auguste ! S'il te plaît, pas ça !

Des flashs, des plis de vêtements, des bouts de peau, des poils... Je ne pouvais même pas fermer les yeux. Il frottait la photo contre lui, contre son torse frêle, contre son ventre blanc. Quand il a agrippé son sexe à pleine main tout près de mon visage, j'ai voulu fuir dans un détail, fixer une goutte de sueur qui perlait sur son bras pour échapper à ce moment, mais c'est sa bouche, plus loin, qui a volé mon attention et que j'ai finalement retenue, elle qui s'ouvrait et se refermait en cadence. Et je ne pouvais même pas crier... Quand il a eu fini, quand il s'est endormi comme si de rien n'était, au pied du lit, moi, j'étais morte.

Plus tard, Auguste a ramassé la photo, et alors je l'ai vu comme jamais, de dessus, de dessous, de face et de profil, son visage et son dos, ma douleur répandue partout dans la pièce, dans chaque fibre de chaque chose, plus clairvoyante qu'un millier d'yeux. Quand, aujourd'hui encore, ce cauchemar me rattrape, c'est cette image qui revient : ma douleur partout répandue, encre noire éclaboussant une chambre à peine décrite ; auréolant la page ; brouillant les mots jusqu'à ce qu'ils ne veuillent plus rien dire...

Auguste est sorti après ça. Lorsqu'il est revenu avec une boîte d'épingles, je n'ai pas eu mal quand elles ont transpercé la photo pour la fixer à l'arrière du tiroir. Verrouiller la porte ne lui suffisait pas. Il fallait qu'il me cache, être certain qu'on ne puisse plus me trouver. Moi, j'aurais souhaité le contraire : que sa mère me trouve et qu'on en finisse.

Chaque soir, il ouvrait le tiroir, me tirait de ma retraite d'ombre et s'épanchait sur moi. Petites morts. Et puis un soir, il n'est pas venu, et pas non plus le soir suivant, et plus jamais après cela. Au début, j'ai retenu mon souffle, craignant d'expirer trop tôt, entre deux eaux, trompée par un semblant de surface... et de reboire la tasse. Puis, le temps passant, j'ai osé un soupir.

Au fond de ce meuble, nourrie de mes seuls souvenirs, je réappris le repos. Le repos mais pas la quiétude, car jamais je ne m'y sentis seule : une ombre lourde pesait sur moi. Je pouvais la sentir maintenant qu'il n'y avait plus qu'elle. Elle ne me parlait pas, et j'en faisais tout autant dans ma tête car, sans que je m'explique pourquoi, je la savais responsable de mes malheurs. Pas l'ombre d'Auguste, pas non plus celle de cette femme qui habitait désormais chez moi, une autre, qui était là, invisible et silencieuse, à ne pas m'oublier.

Combien de temps cela dura ? Des mois ? Des années ? J'ai perdu le fil. Et puis, tout à coup, je l'ai sentie qui s'activait, cette ombre...

Le tiroir a commencé à remuer et m'a propulsée avec lui hors du meuble. D'abord, je n'ai rien vu, la lumière était trop forte. Et puis, j'ai vu le visage de Françoise.

Le soleil filtrait entre les mailles de son gilet tandis qu'elle marchait dans la rue. Cette chaleur semblait vouloir me ramener, mais il était trop tard, elle ne faisait qu'effleurer ma surface. Le Présent tout autour n'existait plus pour moi. J'étais du Passé.

Quatre séries de douze saccades, précédées d'une de huit, je connaissais l'escalier que ma belle-mère montait. Mes souvenirs étaient si précis qu'ils venaient se coller aux choses ; j'étais chez moi, c'étaient mes marches, celles de notre appartement. Six pas d'un couloir sombre puis la cuisine ;

les ombres passent, les murs demeurent. Et puis, il remua encore, cet autre qui ne me quittait jamais. Je pus sentir ses mains enfoncer mes épaules, comme s'il s'y appuyait. Les mailles du gilet se firent plus larges, larges comme des trous, la lumière plus vive, et je tombai encore.

C'est elle qui me ramassa, celle qui avait voulu me détruire, celle qui y avait songé tant de fois. Je la reconnaissais désormais, dans l'ombre des rues heureuses, à nous épier quand nous nous embrassions ; je l'apercevais, par-dessus l'épaule de François, ouvrant la bouche pour cueillir les baisers qu'il m'offrait. J'étais aveugle alors, mais plus maintenant. Cela ne me servait plus à rien, sauf peut-être à comprendre.

L'arrivée de François n'y changea rien. À peine un pincement au cœur. Mais, celui-ci battant désormais à contretemps, je laissais ma tristesse de côté. Quand il l'a renversée sur la table, quand il s'est allongé sur elle, j'ai cru que c'était sur moi, et mes lèvres figées ont souri.

Longtemps, j'ai trôné devant leur miroir, à voir blanchir leurs cheveux, à voir passer la vie sur leurs visages et s'installer entre eux cette infinie tendresse qui n'est pas le moindre de ses présents. Devant cette glace, elle ajustait sa cravate – quand il venait à en porter une –, d'un geste qui, avec les années, avait perdu toute raideur ; devant cette glace, il collait un baiser sur sa joue – un baiser que toujours je prenais pour moi – avant de lui donner le bras pour sortir ; cette même glace où elle a pleuré quand il est parti le premier.

Moi, j'ai vraiment fini par n'être qu'une photo. Le passé m'a définitivement rattrapée. Quand passent ceux qui vous ont connue, que ceux qui restent écorchent votre prénom, vous ne valez pas plus qu'un lever de soleil, qu'une marine au couchant suspendue par un clou au fond d'un restaurant, qu'une nature morte...

Un jour, on vint chercher les meubles, on allait m'emporter avec eux quand Nénette me sauva de la benne en me décrochant du miroir. Elle connaissait mon nom et mon prénom aussi, trop peu de temps j'avais été sa tante. Elle racontait mon histoire à ceux qui la lui demandaient, à ses enfants d'abord, aux leurs par la suite.

— C'est qui cette dame ? disaient-ils. Elle est belle !

Et mon prénom, sur leurs lèvres qui le répétaient, me faisait revenir un instant. C'est ainsi que je l'ai reconnu. C'était facile, ses mains étaient tachées d'encre ; l'encre noire d'une ancienne douleur. Et j'ai su en le voyant qu'il me ferait revivre, malgré moi, selon son bon vouloir, qu'il ne me quitterait plus, jusqu'à coucher sur le papier l'histoire que je lui inspirerais. Pour lui, ce ne serait qu'un jeu, un simple jeu d'enfant.

…

Mes mains sont tachées d'encre… Je me suis appuyé sur ses épaules frêles pour qu'elle traverse le gilet. Je voulais en finir avec Anna et François, voir ce qu'elle pouvait m'en dire. Le miroir, je l'ai pensé comme un supplice, j'ai aiguisé pour ça des mots de peine et de douleur. Elle les a émoussés.

Sa photo existe. Je l'ai retrouvée pour écrire. Elle existe d'autant plus qu'elle dort désormais dans mon téléphone. On n'y voit pas la mer en arrière-plan, et ce n'est pas François qui l'a prise. Tout ça, je l'ai inventé, tout comme quand j'ai imité sa voix dans l'oreille de Joseph pour demander à Mammò qu'on la ramène chez elle…

Depuis longtemps j'ai fait mon deuil de l'histoire que je voulais écrire, celle d'un enfant doué, que son don, justement, vient éloigner du monde. Dire sa solitude, en même temps que la beauté qu'il perçoit. En fait non, je n'ai pas vraiment abandonné, c'est juste que tant de choses sont remontées du sol à peine l'écriture entamée, que j'ai dû faire avec une forêt devant moi, des racines noueuses qu'il a fallu dénouer. J'aurais pu insister, prendre des précautions, éloigner le début de l'histoire des chemins trop connus, l'exiler au bout de la terre, mais ça n'aurait servi à rien, je serais revenu à mon point de départ, comme ceux qui, avant moi, ont usé de tels artifices, partant loin pour finalement revenir et écrire le même livre, certains une vie durant.

L'histoire devait finir à Canari[1]*. C'est là, encore, qu'elle finira, même si, désormais, elle est très différente. Quand j'ai commencé à écrire, mon narrateur, qui n'avait pas de nom, avait déjà une route, je l'avais balisée : monsieur Paul ; la lettre dans la pochette du disque ; l'enveloppe triste...*

Et puis, naturellement, l'enfant a pris le nom de mon père, la rue où il courait est devenue Saint-Joseph, et les morts, dans l'histoire, sont devenus les miens.

C'est étrange ces deux histoires qui cohabitent, celle que je voulais écrire et celle qui s'impose à moi. Dans l'histoire que je voulais écrire, un enfant remonte un sentier escarpé vers un hameau qui domine la mer. Il reconnaît la lumière, et la lumière le reconnaît. Il sait qu'il est déjà venu ici, qu'il a été aimé ici...

L'autre histoire n'a pas de chemin, elle est partout autour de l'enfant, elle est faite de détours qui semblent ne mener nulle part...

1. Village du cap Corse.

9

Joseph

Odyssée

Mammò ne portait pas son châle. J'essayai de me rappeler si je l'avais jamais connue sans. Nous étions à la gare routière. On l'appelait ainsi bien qu'elle ne fût constituée que de quelques traits de peinture sur la chaussée où les bus venaient se garer. Assis sur un banc, au frais, à l'ombre des platanes, nous attendions le dernier moment pour rejoindre notre autocar qui, stationné en plein soleil, moteur allumé, avait l'aspect et le potentiel calorifique d'un grille-pain. Les inconscients qui y avaient pris place, agglutinés dans les premiers rangs, semblaient d'ailleurs sur le point de se liquéfier et de disparaître, absorbés par la garniture des sièges. Devant eux, appuyé contre le pare-brise, le panonceau indiquant notre itinéraire, promesse de mouvement et de courant d'air, rajoutait à leur calvaire comme le fruit de Tantale : Barbaggio, Patrimonio, Saint-Florent.

Mammò me les désigna d'un hochement de tête.

— Des touristes !

— Oui, c'est certain.

C'était la première fois que nous partions si loin pour « nos affaires ». Nous avions une bonne raison : la lettre, celle trouvée dans le grenier, il était temps qu'elle arrive à son destinataire.

Au col de Teghime, un long virage fit la bascule côté Conca d'Oru, et la vue comme un appel d'air me scotcha à la vitre. C'est ainsi que je voyageai jusqu'à Barbaggio, ne pouvant détacher mes yeux des vignes, plus bas, tapissant la plaine tel le fond d'un lac translucide, de la haute barrière de calcaire abandonnée au milieu comme la couronne d'un titan déchu. Par-delà la denture de ses crêtes, on devinait les plages des Agriates. Plissant les yeux, je parvins à déceler un triangle clair se détachant légèrement de la côte. Le Sphinx ! pensai-je, le cœur battant, mon oncle René m'ayant souvent décrit ce rocher-péninsule, grossièrement semblable au Lion de Gizeh, où il aimait aller pêcher partant de Saint-Florent. Deux canons dormaient entre ses pattes, dans quatre mètres d'eau, vestiges d'une ancienne casemate. Je le savais car René me l'avait dit. Deux bouts de ferraille sans valeur, dégringolés de la tête du rocher avec la moitié du fort et dormant sous les algues, oubliés de la plupart. De la plupart, mais pas de moi. Car pour moi qui les savais là, le simple souvenir de leur évocation était un bien précieux, comme le début d'une aventure : la vraie Aventure, la grande, celle à laquelle j'aspirais, différente de celle que je vivais au quotidien, qui n'était qu'un souffle dans le vent, une péripétie.

Depuis l'anneau, j'avais percé bien des mystères, ne sachant plus que faire des testaments cachés, des aïeux retrouvés et des secrets perdus ; des lettres aussi, bien trop de lettres, la plupart de soldats – mobilisés à jamais –, qui, égarées, lestaient leur âme, les condamnant au sol. J'étais devenu l'esclave de mon don, un véritable fonctionnaire, venant à craindre l'apparition du moindre signe. Non qu'il me fît peur – j'arrivais même à le souhaiter – mais assommé par cette routine funeste. Heureusement, Mammò était là, battant le pavé à mes côtés, forçant d'un geste chaque porte close ou détournant l'attention quand, tout entier pris à la résolution d'une énigme, mon visage pâlissait et que rien d'autre n'existait pour moi que le chemin menant à la solution. Sans elle, très vite, mon secret aurait été découvert. Mes questions trop franches, ma démarche d'automate, mon absence soudaine d'empathie, tout m'aurait trahi et fait passer pour fou ; ou alors, certains me donnant du crédit, on m'aurait regardé de travers et retiré du monde comme un phénomène de foire, quand j'aspirais à n'être qu'un enfant. Je comprenais à présent, mais trop tard, pourquoi Mammò avait souhaité que j'oublie.

Un coup de frein plus franc que les autres me projeta contre le dossier du fauteuil devant moi et je constatai que le paysage ne défilait plus. Je tournai la tête à droite et tombai sur de petites maisons que la route évitait de peu. Au rez-de-chaussée de la plus proche, se trouvait une épicerie dont les étals, débordant jusque sur la voie, étaient comme une incitation au chapardage. Je voyais déjà la scène dans ma tête : un bras tendu par la vitre ouverte d'une automobile, une main qui attrape une pomme, à la volée, et l'épicier qui court derrière jusqu'au prochain virage.

— Barbaggio, crie le chauffeur, dix minutes d'arrêt !

— Viens ! me dit Mammò. Allons nous dégourdir les jambes. Tu as faim ?

— Oui, très.

— Allons voir ce qu'on peut trouver.

Alors qu'on remonte l'allée de fauteuils, j'entends les protestations plus ou moins discrètes de certains voyageurs : « Quinze minutes de route et déjà dix minutes de pause ! »

Ces remarques, le chauffeur les entend lui aussi car son œil noir les fait taire aussitôt.

La manière dont on est garés laisse supposer quelque arrangement entre amis : le marchepied si proche de la devanture qu'il semble impossible de descendre du bus sans pénétrer dans l'épicerie, au point que si je venais à trébucher sur cette marche, j'irais finir ma course par-delà la vitrine, au milieu des conserves, recouvert de farine et de coquilles d'œufs. Mammò qui me devance ne trébuche pas. Elle pousse la porte et un carillon se fait entendre : le pépiement de petits papillons métalliques. L'intérieur est coquet, joliment agencé, chaque pot de confiture parfaitement aligné dans de grandes armoires de famille dont on a retiré les portes et affublées de petits rideaux colorés. Il me semble avancer dans une maison de poupée quand l'odeur vient me cueillir : celle du pain frais, de la farine cuite qui flotte dans l'air, du fromage qui transpire sous sa cloche, du jambon à moitié coupé qui trône sur la trancheuse, des olives qui macèrent dans leur bain au fond du tonnelet. Une multitude d'odeurs qui n'en font qu'une : celle, inoubliable, de la légitime gourmandise, de l'appétit matutinal. Mammò, dont j'ignore combien elle a rajeuni, y est sensible aussi, au point qu'en guise de bonjour, elle salue la jeune fille, derrière son comptoir, d'un :

— Mon Dieu, ça sent bon chez vous !

Et l'épicière lui répond :

— Merci beaucoup madame. On le dit tout le temps, vous savez.

— Pas étonnant ! réplique Mammò.

Et la fille lui sourit. Et ce sourire me bouleverse, au point d'en détourner les yeux.

— Quelque chose vous fait envie ?

— Plein de choses ! répond Mammò.

— Quelque chose en particulier ?

— J'hésite...

— Pas trop longtemps ! Je veux dire... moi, j'ai tout mon temps, mais le chauffeur, lui, il n'attendra pas.

— Déjà que certains se plaignent...

— Ah bon ? s'inquiète la jeune fille.

— Rien de grave, quelques *azezi*[1], la rassure mon arrière-grand-mère.

L'épicière hausse les épaules :

— Tant pis pour eux. S'ils étaient descendus, on aurait trouvé de quoi les adoucir...

Ça fait sourire Mammò. Elle l'aime bien cette fille, ses yeux amusés ne peuvent le cacher, eux qui ne cessent désormais de faire des allers-retours entre nous.

— Juste une question, lance-t-elle encore : la réclame Poulain sur le mur ?

— Le chocolat ? Juste là, regardez, à côté de la caisse, répond la fille. Je le garde sous les yeux à cause de mes petits frères... ils tournent un peu trop autour.

— Bien vu, sourit Mammò. Donnez-m'en une tablette alors, et une baguette aussi, s'il vous plaît ! C'est pour faire des sandwichs. On était tellement impatients de partir, ce matin, qu'on n'a rien pu avaler.

— Ça m'arrive aussi, répond l'épicière. Vous voulez que je vous les prépare... les sandwichs ?

— Vous le feriez ? Décidément, vous êtes adorable !

— Vous plaisantez. Quelle taille ?

1. « Des grincheux ».

— Ne vous embêtez pas, faites moitié-moitié.
— Dieu vous bénisse !
— Je vous l'ai dit ou pas ? A-FFA-MÉS !
Chaque sourire creusait deux fossettes sur les joues de la fille. Du sol où il s'était réfugié, mon regard était péniblement remonté jusqu'à elle ; à ses yeux d'or, à ses dents blanches légèrement écartées.
— C'est à vous ici ? lui demande Mammò.
— Oui, à mon père. Je l'aide un peu pendant les vacances.
— Pellegrini, c'est ça ? J'ai lu le nom sur la vitrine. Vous êtes du cap ?
— Pellegrini, oui. Mais non, pas du cap. Même si Patrimonio, c'est un peu le début...
— Le début de... ?
— Le début du cap !
— Oui, vous avez raison.
— Et vous, vous en êtes ?
— ... ?
— Du cap ! Vous en êtes ?
— Non, moi je suis une "pure Bastiaise", répond Mammò, se cambrant légèrement, comme si elle énonçait son principal titre de noblesse. Je vous demande ça parce que "Pellegrini", dans ma tête, ça fait *capicursinu*[1]. Ça sent les rafales de vent et les figues de Barbarie ! Je ne vous vexe pas, au moins, en disant ça ? Vous savez, des fois je dis des choses comme ça, juste pour dire des choses...
— Non, ça ne me vexe pas du tout, au contraire, c'est même très joli. Mais, si vous étiez du cap, ça expliquerait pourquoi le nom de papa vous est familier...

1. Du cap Corse.

— Ah bon ! Et pourquoi ?

— Il y fait sa tournée depuis des années, avec son fourgon : "*U camiò di Pellegrì*[1] !", comme disent les gens quand il s'annonce en klaxonnant sur la place des villages. Ça ne vous dit rien ?

— Non, répond Mammò, mais dit comme ça, ça me parle beaucoup !

La jeune fille salue le trait d'esprit d'un sourire.

— Je me dépêche de finir, que vous ayez au moins le temps d'en grignoter un bout avant de repartir, le chauffeur... il déteste qu'on mette des miettes partout. Voilà, c'est prêt !

— Merci beaucoup, dit Mammò. On va les manger dehors, je ne voudrais pas salir. C'est si joli ici et vous êtes si gentille. Combien je vous dois, ma chère... Ma chère comment d'ailleurs ?

— Marie, répond la jeune fille, je m'appelle Marie. J'ai bien quatre autres prénoms, ajoutés par mon père pour faire plaisir à mes tantes, mais même lui les mélange tout le temps. Deux francs, s'il vous plaît !

Nous payâmes et dîmes adieu à Marie. Enfin, Mammò le fit ; j'en étais bien incapable. Sitôt la porte refermée, le carillon bruissant encore derrière nous, juste avant d'entamer son sandwich, Mammò, l'air de rien, me glissa :

— Elle est jolie, hein ?

Et je manquai de m'étouffer.

« Elle est jolie... » Jusqu'à Saint-Florent, la phrase résonna dans ma tête tel le carillon de l'entrée, petits éclats vifs et colorés tintant à mes oreilles ou passant devant mes yeux

1. Le camion de Pellegrini.

pour aussitôt disparaître dans le paysage. Oui, c'est vrai qu'elle était jolie. Prononçant mentalement son prénom, je rougis, chaque lettre achevant de reconstituer son image sur la vitre, la poussière de la route, soulevée par nos roues, brillante comme de la poudre d'or, venant se coller sur le verre pour donner à cette évanescence le grain mélancolique d'un écran de cinéma : son visage, sa bouche, sa poitrine, mêlés par transparence au défilement des vignes, des murs de calcaire, des mamelons de craie. Pourtant, sans que je comprenne pourquoi, elle avait quelque chose de douloureux, cette image : il m'était impossible de m'en détacher, trouvant abominablement long le temps où une lumière trop franche la faisait disparaître, et craignant de la voir s'effacer pour de bon.

Mammò l'avait pressenti, ce malaise. C'est pour ça, j'en suis certain, qu'elle lui avait demandé son prénom. Par charité pour moi. Afin d'ancrer mes sentiments à autre chose qu'une image, de les amarrer à un mot, et de rendre supportables les instants où le visage de Marie disparaîtrait à l'ombre d'un pont ou dans la pleine lumière.

Mammò, d'ailleurs, continuait de sourire, lançant de temps à autre un coup d'œil en ma direction. Quand je me retournai pour faire cesser ce manège, elle me dévisagea et, inclinant légèrement la tête, elle me dit : « Vraiment très jolie... », avant d'éclater de rire. Elle riait encore quand nous arrivâmes à Saint-Florent.

Le car vint se garer près d'une jolie petite place. Elle était bordée de grands arbres offrant une ombre agréable dont profitaient quelques promeneurs et s'ouvrait d'un côté sur une longue esplanade en bord de mer. Adossée à ce rectangle de terre battue, une grande bâtisse, borgne au rez-de-chaussée, s'élevait comme un juge de paix pour faire le tri des passants, ceux filant sur sa gauche pour emprunter l'esplanade, les autres s'engouffrant à droite, entre les bâtiments jusqu'au cœur du village. « Hôtel d'Europe », criaient des lettres peintes en rouge à même les murs, sous les fenêtres du premier étage.

Tandis que Mammò discutait avec le chauffeur, j'allai faire quelques pas. Des enfants jouaient dans un coin, escaladant de monumentales jardinières où ils trouvaient refuge contre d'invisibles assaillants.

Tout au fond, collée contre le mur de l'hôtel et taillée dans la même pierre blanche que les jardinières, on avait érigé une fontaine.

— Viens ! dit Mammò qui m'avait rejoint. Allons nous rafraîchir.

L'eau était fraîche, et je la bus avec avidité.

— Doucement, mon cœur, dit Mammò, tu vas avaler de travers.

Et aussitôt je toussai à m'en décrocher les poumons.

— Tu vois ! fit-elle en me tapant dans le dos, il faut savoir prendre son temps. C'est aussi important que de trouver sa place.

Je tentais de comprendre ce qu'elle avait voulu dire quand elle m'indiqua du doigt une direction opposée au village :

— De ce côté, c'est la cathédrale. C'est vers là-bas qu'on le trouvera.

— Dit comme ça, ça fait chasseurs de primes ! plaisantai-je.

— Tu as raison ! dit Mammò. Et ça ne te déplaît pas, je me trompe ?

J'acquiesçai d'un sourire.

— Mais d'abord, poursuivit Mammò, on va faire un tour de ce côté.

— Au village ?

— Oui, à la poste ! L'adresse que j'ai date un peu, je ne sais pas si elle est encore bonne. On va aller se renseigner.

— Il faut aller au Caveau ! asséna alors une voix qui n'était pas la mienne.

Nous nous retournâmes tous les deux, Mammò aussi interloquée que moi. Près de nous, assise sur le muret qui cerclait la fontaine, une vieille femme était apparue. Elle était sortie de nulle part, au point que l'on pût croire qu'elle avait toujours été là, figure de pierre surveillant le point d'eau. Pourtant, repassant mes souvenirs, j'étais certain que non. Aucune image de cette petite chose emmitouflée dans un châle sombre, trop chaud pour la saison, qui lui donnait l'aspect d'un minuscule oisillon.

— Je sens votre étonnement, reprit-elle tandis que nous restions muets. Les gens qui ne vous regardent pas sont difficiles à voir, c'est tout.

Là, elle releva le menton, exposant au grand jour le voile de ses prunelles. La stupéfaction passée, Mammò lui répondit :

— C'est vrai, que vous m'avez surprise. C'est assez inhabituel...

— Pas tant que ça ! coupa l'autre. Il n'y a pas si longtemps, le petit aussi y est parvenu...

Elle prononça ces mots en me pointant du doigt, sans même tourner la tête. Et la réponse que Mammò bredouilla résuma à elle seule son incompréhension :

— Qui... êtes... vous ?

— Qui je suis ? Aucune importance. Mais vous pouvez m'appeler Aurélie ou mademoiselle Aurélie, comme les gens ici ont l'habitude de le faire. Je suis d'ici, de Saint-Florent, et l'hôtel derrière moi appartient à ma famille. Mais, n'avez-vous rien d'autre à me demander ? On va bientôt nous interrompre, et même si je sais d'avance que vos questions ne seront pas les bonnes... essayez toujours !

À peine avait-elle dit cela qu'une bourrasque balaya la place :

— AURÉLIE !!!

— Vous voyez ! reprit notre oisillon.

À l'angle de la bâtisse, du côté de l'allée centrale, là où vraisemblablement se trouvait l'entrée de l'hôtel, une femme endimanchée, véritable cocotte de champ de courses, était apparue et s'était mise à hurler.

— Aurélie, ne nous rends pas plus ridicules avec tes sottises. Rentre ! Vite ! Dépêche-toi !

— C'est ma belle-sœur, dit calmement l'aveugle sans prêter attention aux admonestations de l'autre, l'épouse de mon frère et, de ce fait, la femme du maire du village, ce qui la remplit de fierté, de cette fierté nauséabonde dont elle a toujours été le réceptacle. Elle est naturellement méchante, méchante et vindicative, et elle me punira de vous avoir parlé.

— Vous punir ! s'offusqua Mammò.

— Oui, me punir, elle en a l'habitude. Elle est comme ça, Antonia. Elle fait siffler les ouvriers de ses vignes pour qu'ils ne mangent pas son raisin, et moi qui étais coquette, elle m'habille de vieilles loques sous prétexte que je ne peux plus les voir.

— Aurélie ! Ne me force pas à venir ! menaça la grosse dame qui avançait déjà, le visage cramoisi.

— Je n'ai pas toujours été aveugle. Je le suis devenue à la

mort de ma mère. En couches, elle aussi, ça nous fait presque un point commun.

Mammò tressaillit.

— Il y aurait encore tant de choses à dire, continua l'aveugle, mais, comme je le pressentais, le temps nous fait défaut. La voilà qui arrive.

— Viens ici pauvre folle ! aboya l'autre la tirant par le bras, je vais t'apprendre moi à ne pas m'obéir ! Rentre, plus vite que ça ! Ne m'oblige pas à te pincer...

Mammò allait s'interposer, poser la main sur cette furie, mais la petite dame l'en dissuada :

— Non, surtout pas ! N'usez pas de votre force à vous. Faites-le continuer sa route ! Et, n'ayez pas peur pour lui. Allez au Caveau ! N'oubliez pas ! Au Caveau...

— Qu'est-ce que tu dis ? éructa la grosse. Qu'est-ce que c'est que ces bêtises ? Et toi, la Gitane ! Tu voulais vraiment me toucher ? Tu sais qui je suis ?

— Ne restons pas ici ! dit Mammò en m'entraînant avec elle. Elle va nous faire des ennuis.

Nous lui tournâmes le dos, filant sur l'esplanade tandis qu'elle traînait la pauvre aveugle à l'intérieur de l'hôtel.

J'étais honteux de cette fuite.

— On ne devrait pas l'aider ?

— Tu l'as entendue, dit Mammò, elle en sait plus que nous. Mieux vaut lui obéir. Trouvons ce caveau !

— Encore une tombe...

— On verra. Dépêche-toi !

Comme je tardais à la suivre, Mammò se retourna.

— Qu'est-ce qu'il y a encore, Joseph ?

— La Gitane ! Elle t'a appelée la Gitane !

Soulagés que l'affreuse Antonia ne nous ait pas suivis, nous pûmes ralentir l'allure. Devant nous, l'esplanade était déserte, le soleil trop franc de cette allée sans ombre ayant refoulé la vie dans le fond des ruelles. Seuls trois enfants plus loin, à l'endroit où le quai s'élargissait en une petite placette, résistaient encore, jouant avec un ballon. Les « Olé » lancinants des plus grands remontaient jusqu'à nous, célébrant autant leur réussite à redoubler les passes, que l'échec du plus petit à les intercepter. Nous arrivions à leur hauteur quand, au prix d'un tacle rageur, celui-ci parvint malgré tout à dévier la balle, s'écorchant les genoux au passage.

— *Bravu !* cria Mammò en brandissant le poing.

Mais les autres, déjà, contestaient sa victoire.

— Ça ne compte pas ! Tu dois l'attraper pour gagner, pas juste le toucher, fit le plus grand.

— C'est la règle, balle à moi ! renchérit le troisième.

Mais parcourant du regard l'espace autour de lui, celui-ci s'écria :

— Mince, le ballon !

Ce dernier avait suivi la pente, sauté le quai, et s'éloignait du bord, porté par le courant. Les trois garçons se précipitèrent, mais il était trop tard.

— Tant pis pour toi, t'avais qu'à y faire attention ! lança le plus grand au plus petit.

Et d'un mouvement de tête, il fit signe au dernier qu'il était temps de filer.

Le ballon était déjà à trois mètres du bord quand, bien décidé à se jeter à l'eau, le garçonnet retira son tricot. Mammò l'arrêta net.

— Qu'est-ce que tu fais ?

— Je vais le chercher, sinon, en plus de le perdre, j'aurai aussi une rouste en rentrant !

— Pas question ! C'est profond ici et tu es blessé. On ne se noie pas pour un ballon !

— Tu veux que j'y aille ? proposai-je.

— Et rester toute la journée trempé, sans un rechange, et attraper la mort ?

Je rentrai la tête dans les épaules.

— Bien sûr, Joseph, qu'on va le récupérer son ballon ! Et sans se mouiller.

Mammò s'approcha du bord et se pencha par-delà le quai. Relevant la main, elle révéla une cordelette qui, invisible jusqu'alors, filait sous la surface pour rejoindre une bouée au milieu du chenal. Je crus qu'elle songeait à attraper le ballon en ramenant la bouée pour l'intercepter au passage – tentative que je savais vouée à l'échec – et je lui dis :

— Ça ne marchera pas ! La bouée est accrochée au fond.

Elle hocha la tête.

— Mon père était pêcheur, Joseph, je sais parfaitement ce qu'est une bouée d'amarrage !

Secoué par cette charge, je me décidai à demeurer silencieux jusqu'à la fin de l'opération de sauvetage. Celle-ci prit d'ailleurs l'allure d'une démonstration, de celles qui ne tolèrent aucun commentaire autre qu'admiratif.

Le ballon était presque à la bouée quand Mammò tira sur la cordelette. La bouée plongea sous la surface. Mammò laissa filer la corde entre ses doigts et la bouée remonta aussitôt, dessinant tout autour de jolies vaguelettes. Elle recommença plusieurs fois, tant et si bien que, porté par ce courant artificiel, le ballon s'en revint comme il était parti, et le gamin, allongé sur le quai, n'eut plus qu'à s'en saisir.

— Vous êtes drôlement forte, madame ! Je m'en souviendrai si ça m'arrive encore...

— Oui, tu t'en souviendras, répondit mon aïeule.

Et l'enfant, étreignant son ballon, disparut à son tour.

— Comme ça, tu ne me fais pas confiance ! dit Mammò en se retournant.

Je pris ces mots comme un *scapochju*[1]. Et je baissai les yeux.

— Je te fais marcher, mon amour, me consola Mammò. Tu as raison de douter. Mais... jamais de moi, hein ?

— Je le jure, promis-je en levant la main.

Cela la fit sourire. Et ce sourire me donna le courage de poser la question qui me brûlait les lèvres :

— Comment tu sais tout ça ?

— Faire revenir les ballons perdus ?

— Ça... et tout le reste.

— Ah, ça..., fit Mammò. Tu risques d'être déçu.

— Dis quand même !

Elle prit une grande inspiration.

— La seule chose que je sais, c'est que je suis de l'Eau ! Je sais comment elle coule. La vie, pour moi, ce n'est que ça : rien que de l'eau qui coule. Passé la mort, ce n'est plus mon domaine. L'huile dont on oint le front, la terre où l'on repose, le ciel auquel on aspire, je ne m'y entends pas. D'autres, sur ces choses, savent sans avoir appris, ils ont reçu cela avant même leur naissance, uniques en leur genre, uniques comme le regard qu'ils portent sur le monde. Mais moi... moi, je suis de l'Eau.

— Et comment tu... ?

— Une impulsion suffit. On croirait un miracle mais...

1. Une taloche.

c'est facile. Prends une bouteille d'eau et retourne-la. Pour s'échapper, l'eau affluera sans ordre vers le goulot, bouillonnante, tourmentée, jaillissant par saccades : c'est la vie ! Mais donne juste un coup de poignet, une légère rotation, et elle s'écoulera sans heurts, rapide et ordonnée, formant un tourbillon jusqu'à l'extérieur du verre où elle dessinera comme un joli rideau. Tu vois ? Rien qu'une impulsion et déjà un miracle. Voilà ce que je fais... Voilà mon jardin.

— Ton jardin ?

— Oui, mon jardin... C'est comme ça que j'appelle l'endroit où je suis telle que Dieu m'a faite sans craindre le regard des autres. Ça peut être beaucoup de choses, un jardin : un penchant qu'on assume, une personnalité, un don... Mais, si c'est un don, plus il sera fort, plus il aura tendance à te couper du monde, à t'enfermer en lui comme la lampe d'un mauvais génie. Un don, c'est un jardin fantastique mais qu'on arpente seul, où l'on aime à se réfugier, mais d'où sortir devient presque impossible tant, depuis l'intérieur, le monde ressemble à un vaste roncier.

— Je comprends..., murmurai-je.

— La solitude Joseph, c'est le prix à payer ! Un ballon n'est pas fait pour rester en place, il roule. Fuir est aisé et c'est dans sa nature : partir jusqu'à se perdre. Revenir, et demeurer dans le giron des hommes, c'est plus compliqué, mais ça s'apprend.

Elle s'était rapprochée tout en disant cela, et avait posé ses mains sur mes épaules, ses bras dessinant comme une enceinte d'où les mots ne pouvaient sortir, où ils n'étaient qu'à nous. En ce lieu, je lui ouvris mon cœur :

— Mon jardin à moi, il me fait peur. C'est un cimetière plein de brume. Quand je me promène à l'intérieur, à chaque fois, je trébuche contre une pierre qui dépasse du sol : une tombe. Et là, je dois gratter la terre pour lire un nom, une date, une épitaphe... La lire aux autres, ceux qui croient marcher dans un champ. Voilà où je suis, au milieu de la brume. Elle s'écarte quand j'avance et se referme derrière moi.

— Ne t'en fais pas, dit Mammò tandis que ses mains serraient plus fort mes épaules, continue d'avancer, et il est probable que, bientôt, tu sauras.

— Qu'est-ce que je saurai ?

— Comment dissiper la brume, entrer et sortir sans te faire remarquer, et sûrement beaucoup d'autres choses encore, que j'ignore depuis l'eau.

À peine avait-elle dit ces mots que je reculai, les yeux écarquillés et la bouche entrouverte.

— Joseph, qu'est-ce que tu as ? Tu entends quelque chose ?

— Non, répondis-je, je n'entends rien. Mais j'ai trouvé le Caveau !

Le « Caveau » n'était pas une tombe, ou bien à la rigueur celle d'illusions perdues noyées au fond d'un verre.

— Tu crois vraiment que mademoiselle Aurélie parlait de cet endroit ?

— Un bar, dit Mammò, ce serait étonnant, mais ça mérite qu'on y jette un œil.

— Je préférerais encore que ce soit là.

— Je sais...

À quelques pas de là, à l'angle d'une rue qui menait à l'église, un écriteau de bois coiffait une petite entrée. À un autre moment de la journée, l'arrivée d'une vieille dame et d'un enfant aurait fait taire la clientèle, faisant rougeoyer les cigarettes, mais là, trop tôt pour l'apéritif, une ombre unique s'accaparait le mur, celle d'un homme, attablé au milieu de la salle, à moitié caché par son journal.

Affalé sur son comptoir, le patron piquait un somme et ne nous entendit pas entrer. Nous hésitions à le réveiller quand une voix tonitruante le fit pour nous :

— Tu pourras pas te défiler cette fois, sale planqué ! C'est pour les veuves de guerre, va falloir passer à la caisse ! brailla l'homme au journal.

Réveillé en sursaut, l'autre se redressa, nous salua tant bien que mal, et se mit à fouiller dans un tiroir. Il allait réellement nous donner la pièce quand Mammò, d'une voix pincée, l'arrêta.

— S'il vous plaît, monsieur, pourriez-vous dire à votre ami que, bien qu'effectivement veuve de guerre, je n'ai, pour ma part, jamais quémandé quoi que ce soit ?

Le patron ouvrit des yeux comme des billes, tandis que l'autre, dans la salle, riait à gorge déployée.

— Pardon madame, s'excusa-t-il en venant à notre rencontre. C'était juste pour la blague. Rien à voir avec vous. Pour faire marcher le gros, vous comprenez ? Je suis désolé. Vous... en noir... dans le bar... avec le petit... J'ai pas pu résister !

Riant à son tour, le patron prit sa défense :

— Excusez-le, madame, il est pas bien méchant, mais faut toujours qu'il fasse le mariole.

— Sans rancune alors ? Allez, s'il vous plaît, faites-moi plaisir, buvez quelque chose ! continua l'autre homme. Pour me faire pardonner. Une grenadine pour le petit ! Et pour vous ?

— Rien, c'est gentil, dit Mammò que cette bonne humeur semblait avoir adoucie. On n'est pas entrés pour ça. On voulait juste un renseignement.

— Dites voir ! fit le plaisantin. C'est avec plaisir, si je peux.

— On cherche un parent, mentit Mammò, un cousin qui habite par ici. Peut-être que vous le connaissez ?

— S'il est du coin, on le connaît forcément. Dites un peu comment il s'appelle !

— Paul, dit Mammò, c'est son nom, pas son prénom. monsieur Aymé Paul.

Les hommes échangèrent un regard entendu, comme un ricanement.

— Ah, fit l'homme au journal tout en hochant la tête, monsieur Paul...

— C'est ça ! répondit Mammò en le regardant droit dans les yeux.

— Je vois, un monsieur... Comment dire ? Du genre... délicat... gracieux... plutôt sensible, bredouilla l'homme au journal qui, d'ordinaire, l'aurait décrit tout autrement.

— Oui, un... un romantique ! s'essaya le patron, tentant maladroitement de lui venir en aide.

Et l'autre se mordit la joue pour ne pas exploser.

— Romantique ! répéta-t-il, t'as vraiment dit ça ? Romantique... Mon Dieu... Grèce antique, tu veux dire ?

Et les compères éclatèrent d'un rire gras. Mammò les fusilla du regard, me désignant d'un coup de menton, et ils baissèrent la tête.

— J'ai bien une adresse, reprit-elle, mais elle dit juste : « route de la Cathédrale ».

— C'est bien ça ! dit l'homme au journal, c'est là-bas

qu'il habite, mais assez loin, dans les collines, avant la plaine d'Oletta. On ne le voit pas souvent par ici, il passe seulement pour se ravitailler.

— Ça fait loin à pied ? demandai-je.

— Assez, mon coco, fit le patron. Trois quarts d'heure au moins avec cette chaleur.

— Trois quarts d'heure aller, trois quarts d'heure retour, corrigea Mammò.

Je soupirai :

— En plus, faudra encore éviter l'autre folle.

— L'autre folle ? s'enquit le patron.

— Antonia, la femme du maire...

Mammò me fit les gros yeux.

— Médée ! s'écria l'homme au journal, Médée en a après vous ?

— Médée ? s'étonna Mammò.

— Oui, répondit-il, c'est comme ça qu'on l'appelle par ici. Pour ses colères, vous comprenez ?

— Ça lui va comme un gant, concéda mon aïeule.

— Sauf que moi, je l'appelle autrement, reprit l'homme. Bouche-toi les oreilles, petit ! Moi, je l'appelle : "l'Ordure" ! Et je sais qu'il est mérité ce surnom : plus jeune, j'ai travaillé dans ses vignes.

— Elle vous faisait siffler ? demandai-je.

— Comment tu sais ça, toi ?

— Excusez le petit, dit Mammò, il ne voulait pas...

— Y a pas de mal madame. En tout cas, votre problème est réglé !

— Comment ça ?

— Les ennemis d'Antonia sont mes amis ! C'est moi qui vous conduirai chez monsieur Paul. Buvez quelque chose maintenant, vous me raconterez pourquoi l'Ordure vous en veut !

Plus tard, profitant des incessantes chamailleries entre les deux hommes, je posai discrètement la question à Mammò :

— Il est pas mort d'une crise cardiaque, ton mari ?

— Si, mon chéri, dans son lit.

Notre vaisseau était une grosse camionnette Citroën à plateau de couleur turquoise dont la calandre rappelait les Traction Avant des films de gangsters. « L'homme au journal », qui s'appelait lui aussi François, mais préférait qu'on l'appelle par son surnom, « Sbacò », l'avait empruntée à son ami du bar pour nous mener à destination. À l'arrière, sous une bâche, des casiers remplis de bouteilles consignées tintaient à chaque bosse et manquaient de nous rendre sourds au moindre nid-de-poule. De creux et de bosses, la route ne manquait pas : un mauvais chemin de terre qui contournait les propriétés pour rejoindre la cathédrale et qui serpentait ensuite, plus étroit encore au dire de notre chauffeur, au milieu des collines pour rejoindre la plaine d'Oletta. Quelquefois, dans un virage, l'ébouriffement d'un bosquet de cannes ou de roseaux, tranchant avec l'aridité du chemin, rappelait qu'on était ici sur d'anciennes terres de paludisme. Cette idée me mettait mal à l'aise, imaginant les histoires qui dormaient sous cette vase asséchée en tuf, et toutes ces voix susceptibles de sortir de terre pour me contraindre à les écouter.

— La cathédrale est juste après cette grosse tombe qu'on aperçoit là-bas, dit Sbacò. Vous l'avez déjà visitée ?

— Quand j'étais petite, je crois, dit Mammò, mais c'est plus une impression qu'un véritable souvenir.

Notre chauffeur parut réfléchir à ce qu'il venait d'entendre.

— N'y prêtez pas attention, lui suggéra Mammò, ce sont les divagations d'une vieille femme. Quand on a autant de souvenirs que moi, il est fréquent que certains d'entre eux se mélangent pour en créer de nouveaux.

— Cette idée me plaît, dit l'homme tout en hochant la tête, si je comprends bien, on ne se quittera plus !

Et nous rîmes tous les trois, bercés par le concert des bouteilles...

Compacte et ramassée, la cathédrale n'avait d'impressionnant que la force des pierres à contrarier le temps.

— C'est quoi cet attroupement ? fit Sbacò quand il l'aperçut.

Sur le parvis, campait une foule dense, dont la nervosité nous sauta à la gorge. Des visages blêmes, des regards contrariés, quelques femmes en pleurs, et des hommes, fidèles à eux-mêmes dans l'expression de leur colère, montrant des poings comme des babines retroussées de molosses prêts à mordre. Nous nous garâmes tout près pour observer la scène. Le mot « scandale » courait de bouche en bouche, et le mot « sacrilège » le talonnait de peu.

— Ça a l'air grave, dit Sbacò, je vais aller voir !

Et il sauta du camion. Profitant de l'effet de surprise, je lui emboîtai le pas, me faufilant par la portière conducteur. Mammò me rattrapa plus loin mais, devant ma mine implorante, elle finit par céder :

— Très bien, dit-elle, on va jeter un œil, mais reste près de moi, ces gens sont hystériques.

Nous traversâmes la foule comme si nous étions transparents. Curieuse était mon impression que ce qui se jouait ici ne nous regardait pas, qu'il nous était seulement permis d'observer, sans pouvoir intervenir, sans avoir le droit de toucher quoi que ce soit, ni même d'être vus, voyageurs d'une autre époque, d'une autre dimension, venus explorer ce temps-là.

Notre ami nous fit signe tandis qu'il se faufilait dans un essaim nerveux à droite du chœur. Nous approchâmes aussi, observant cette masse où l'on venait se fondre avant de repartir pour y retourner aussitôt.

Au bout d'un moment, Sbacò revint l'air mortifié pour finalement déclarer :

— C'est saint Flor, quelqu'un l'a mutilé !

— Saint Flor ? demanda Mammò.

— Oui, on a pris son doigt !

— Le doigt d'une statue ! m'étonnai-je.

— Pas d'une statue, s'écria Sbacò, celle du saint, dans sa châsse d'or !

J'acquiesçai de la tête comme si je savais de quoi il retournait, mais mon air d'affranchi ne fit pas illusion.

— Venez, soupira-t-il, grimpons, vous allez comprendre !

Coincée entre un pilier et la rambarde du chœur, la chaire ressemblait à une énorme tasse à café. Nous y montâmes, empruntant l'escalier de bois enroulant le pilier.

— C'est là, regardez ! dit Sbacò, désignant, par-delà les rangées turbulentes, une tonnelle de bois descendant en pente douce comme la hotte d'un grand restaurant.

Juste en dessous, dépassant à peine des têtes, on apercevait une sorte de plateau d'or finement décoré, en fait un grand couvercle, paré de larges volutes en guise de poignées.

— La châsse est là, sous l'auvent, continua notre ami, c'est l'espèce d'aquarium où l'on expose la dépouille du saint.

Celle de saint Flor, le saint patron du village, un légionnaire romain, un martyr. Je sais tout ça par cœur parce que c'est ici que j'ai reçu la confirmation. Regardez, la foule s'écarte, on va le voir !

Posé sur son catafalque, le coffre transparent ressemblait à une boîte à bijoux. Le fond matelassé était comme une banquette où le soldat paraissait endormi.

— C'est une religieuse, venue faire le ménage, qui a trouvé la vitre cassée. La palme n'était plus à sa place, elle a cru qu'on l'avait volée. Et puis, elle s'est aperçue qu'il manquait un doigt.

— La palme ? demandai-je.

— La palme de martyr. Regarde, elle dépasse de sa cuisse.

— La plume ?

— Ce n'est pas une plume, c'est une palme d'or ! Moi aussi, quand j'étais petit, je croyais que c'était une plume et qu'il était en train d'écrire.

— Et la main, elle saignait ? demanda Mammò.

— Mais non, s'offusqua Sbacò, il est mort il y a deux mille ans !

— Dommage, rétorqua-t-elle. Ça aurait fait un beau miracle.

Et Sbacò acquiesça.

— Pourquoi ils reculent tous ? demandai-je.

— Regardez, le curé arrive ! fit Sbacò. Pas trop tôt ! Il était retenu sur Bastia. Le maire est avec lui, c'est celui qui fait reculer les gens, là, avec les gendarmes.

La foule s'écarta à l'arrivée du prêtre, et je fus surpris de voir passer un homme jeune, grand et mince, à l'œil vif, trop habitué que j'étais aux ecclésiastiques pansus qui défilaient chez nous pour la Saint-Joseph, ceux qui, par leur physionomie tout autant que leur teint, ressemblaient aux *panzarotti*[1] qu'ils engloutissaient entre deux bénédictions d'enfants.

Le prêtre marcha autour du coffre, posa quelques questions puis se signa. Se tournant vers les fidèles, il prit la parole :

— C'est une grande tristesse que cela, un acte ignoble et incompréhensible. Le mal est partout qui rôde. Mais, s'il en était autrement, nous autres, hommes d'Église, nous serions inutiles. Pour ce qui est des affaires terrestres, les gendarmes s'en chargeront, j'ai toute confiance en eux... Pour le reste, je suis là ! Aujourd'hui, c'est notre foi, notre amour du Christ qu'on a mis à l'épreuve, aussi, céder à la superstition ou à la haine, ce serait échouer. Il nous faut réagir en chrétiens : prions !

Avec ces mots, un voile de dignité s'abattit sur la foule, et chacun qui le sentit peser sur ses épaules s'en trouva apaisé.

— Un homme puissant, ce prêtre, chuchota Mammò. Ils sont rares aujourd'hui sous la robe.

Pater noster, qui es in caelis
sanctificetur nomen tuum
Adveniat regnum tuum
fiat voluntas tua...

La convergence sereine des voix dans la prière souffla les dernières braises. L'errance et l'affliction semblaient n'être plus qu'un lointain souvenir, chacun expirant par les mots

1. Beignets de farine de pois chiches qu'on mange pour la Saint-Joseph.

l'air vicié du doute et de la suspicion. Une quiétude si soudaine qu'elle donnait à tout cela l'allure d'un petit miracle. J'imaginais déjà quelque bigote, sa raison emportée par la transe mystique, s'effondrer aux pieds du curé au moment du dernier amen, quand un cri déchira l'harmonie du moment : un braillement animal, le râle boueux d'un cochon qu'on égorge, comme un seau de son sang déversé sur la nef. Saisis d'effroi, tous se tournèrent vers la sacristie d'où la plainte s'était répandue, et on vit apparaître un homme dont la seule apparence me donna des frissons.

Il était grand et mat de peau, avec des bras trop longs, tombant jusqu'aux genoux. Il portait une chemise ouverte d'où sortaient une panse sale et un nombril noueux, un bleu pour pantalon, tenu par une simple corde, et des sandales tressées qu'on savait inutiles tant ses pieds poussiéreux paraissaient faits de cuir. Pourtant, plus que tout, c'est son visage qui me terrifia, sa langue tirée tandis qu'il continuait de glapir, et son regard, dissocié du reste, fixe et serein quand tout en lui relevait de l'exorcisme.

— Qui est-ce ? demandai-je à Sbacò.

— C'est Félix, notre fou du village. Il n'est pas très joli mais il n'est pas méchant.

Pourtant, à peine le fou avait-il brisé l'unisson du Pater que les anciens démons, qu'on venait de chasser, réinvestissaient les travées. On l'empoigna pour le jeter dehors, certains voulurent le fouiller, mais il se débattait, renversant chandeliers et pupitres.

— Assez !

Il n'y eut qu'un mot, un seul, mais il figea l'assistance. Tous, sauf le fou qui continuait de se rouler par terre alors même qu'on l'avait relâché.

— N'est-il pas suffisamment tourmenté ? continua le prêtre. Qu'il hurle, si le cœur lui en dit ! Cela ne devrait pas troubler votre prière. Rien ne le devrait !

Giflés par ces paroles, ceux qui s'étaient précipités pour expulser l'intrus semblèrent rétrécir, désireux qu'ils étaient de regagner les rangs, de se fondre dans la foule, cette même foule ingrate qui, prompte à les encourager deux secondes plus tôt, les montrait désormais du doigt.

Le prêtre s'approcha d'un gendarme, lui glissant quelques mots à l'oreille. Discrètement, celui-ci se posta non loin de l'aliéné.

— Reprenons ! dit le prêtre.

Aucune tête ne dépassait maintenant, pas le moindre petit mouvement, juste le flot des mots circulant dans l'église, les pensées superflues ayant été chassées, non, pas chassées, ensevelies sous une sainte chape, imperméable au bruit et aux mauvaises idées. Et le temps s'égrena comme un long chapelet.

Vraiment puissant ce prêtre ! pensai-je, Mammò avait raison. Et mon regard, filant dans les allées, remonta jusqu'à lui. Était-il des nôtres ? Oui, certainement, il l'était. Et pourtant, lui, semblait avoir trouvé sa place.

Derrière lui, posé sur son épaule, saint Flor dormait. Je regardais ce mort qui n'avait rien à dire et, pour la première fois – me sentant en sécurité dans l'église – j'eus envie de changer les choses, de bouleverser la sale habitude qui voulait que ce fût le mort qui frappât à ma porte, se moquant de savoir s'il y était convié. Ne sachant comment procéder, je fixais le visage du saint, ses traits presque effacés par le décharnement. « Soldat, réveille-toi ! » énonçai-je dans ma tête. Il ne répondit pas. « Saint homme, réveille-toi ! » Toujours rien. « Qui t'a fait ça ? Qui a pris ton doigt ? » Le saint s'obstinait à ne pas me répondre. Mais soudain j'entendis :

— Non, pas lui, tu te trompes !

Le fou hurlait depuis le chœur. Le gendarme fit un pas vers lui, mais le prêtre, secouant la tête, l'arrêta sur-le-champ. Beaucoup rouvrirent les yeux, mais ce dernier, priant plus fort et sur un ton plus autoritaire, ramena à lui ces brebis égarées.

— Il n'est pas là, celui qui peut répondre ! cria encore le fou.

Et je réalisai que c'était moi qu'il fixait.

— Joseph, qu'est-ce qui se passe ? demanda Mammò qui l'avait remarqué.

— Je ne sais pas !

— Je le connais, tu sais, il hésite encore ! continua le fou.

Et, fixant désormais le plafond, il hurla de plus belle :

— Hein, toi là-haut, qu'est-ce que tu veux ? Tu es aussi fou que moi si tu crois pouvoir décid...

Brutalement, il s'interrompit, les yeux écarquillés, brandissant le poing. Puis, se tournant de nouveau vers moi, il mima le silence, ses lèvres scellées en une affreuse grimace, comme s'il voulait parler mais ne le pouvait plus.

C'était trop pour la foule. Chaque tête s'était tournée vers lui. Et un murmure parcourut l'assistance :

— Regardez, regardez sa poche ! Du sang !

Le fou dut sentir le poids des regards posés à cet endroit précis car il baissa la tête et y plongea la main. Y trouvant quelque chose, il sourit. Et, lentement, il dégagea le doigt coupé. Avec, il se gratta l'oreille, et puis, il écarta les bras.

Ce fut une immense mêlée. Et le gendarme, qui essaya de

s'interposer, reçut plus que son compte. Les protestations du prêtre n'y changèrent rien. Quand tous enfin se relevèrent, on chercha le débile – son corps tout du moins – sous les bancs, derrière l'autel, jusqu'à la sacristie où il pouvait avoir roulé. Il fallut se rendre à l'évidence, il s'était échappé.

...

D'abord, je l'ai fait taire. Écrire ses mots était trop douloureux. La douleur que j'avais mise en lui, elle me revenait dans la gueule. Elle me serrait la gorge. Elle m'empêchait d'écrire.

Puis, dans sa poche, j'ai fait couler le sang...

Je voulais qu'ils le mettent en pièces, mais il s'est échappé. Félix, la somme de mes peurs enfantines, de mes doutes... Mon monstre.

10

Joseph

Monsieur Paul

On avait roulé en silence. Même les bouteilles s'étaient tues.

— Voilà, dit Sbacò, nous y sommes ! Votre cousin est bien chez lui, sa camionnette est là. Si ça vous va, je vous laisse. Je repasse dans une heure, le temps de voir s'ils retrouvent Félix. Ils sont plus fous que lui, vous savez... Je voudrais pas qu'ils le lynchent. Une heure, c'est bon ? Au pire, je vous attendrai dans le camion.

— Une heure c'est parfait, répondit Mammò. Merci beaucoup monsieur Sbacò.

— Juste Sbacò, je vous ai dit ! Qu'est-ce qu'on ferait pas pour nos veuves de guerre !

Posée à flanc de colline, la maison était d'un blanc crémeux, de la couleur des pages de mes cahiers de brouillon. Des ceps aux grappes brunes escaladaient les murs, donnant aux alentours un parfum de vin cuit, et la rumeur d'une invisible rivière remontait jusqu'à nous.

— C'est beau, dis-je à Mammò, c'en est presque triste.

— Pourquoi tu dis ça, Joseph ?

— Je ne sais pas. En ce moment, c'est comme si tout ce

qui me plaisait me rendait triste, comme si j'allais bientôt le perdre.

Et Mammò se tordit les doigts.

— Tu m'aimes bien moi ? demanda-t-elle.

Je lui répondis d'un sourire.

— Alors, ne sois pas triste, parce que moi, tu ne me perdras pas. Pas de sitôt en tout cas.

Et elle me caressa la tête.

Un chemin balisé de cailloux nous fit traverser le jardin, coteau aride, ponctué çà et là de taches colorées, où la lumière comptait tout autant que les fleurs. Il était midi et le soleil écrasait tout, mais, plus tard, quand il s'apprêterait à franchir les collines, éclairant de côté chaque pierre, chaque bosquet, ceux-ci raconteraient une histoire différente, leurs ombres étirées effleurant l'horizon.

Sous le porche, juste à droite de la porte, on avait suspendu une cloche. Remplie de vieux nids de guêpes et de toiles d'araignées, elle paraissait n'avoir jamais tinté, placée là à notre unique intention. Mammò attrapa le cordon qui pendait au battant, et d'un air solennel et triste, elle me dit :

— Nous y sommes...

Et elle secoua la main.

D'abord rien, la nature reprenait son souffle, puis une rafale de vent me poussa dans le dos. Mammò s'interposa, m'enveloppant de son corps comme si une cape sombre avait fondu sur moi. La porte s'ouvrit. Et j'entendis ces mots :

— Entrez vite, le vent se lève !

Monsieur Paul. L'avais-je imaginé ainsi ? Oui, je crois, assez précisément. Il n'était pas bien grand, pas bien gros, pas bien là ; mais la lumière, selon d'où elle vient, change tout ; il avait été grand, ça aussi je le savais.

— Tu m'as oublié, dit-il en souriant, c'est normal. Quand je t'ai vu la dernière fois tu n'étais pas plus grand que ça !

Et, de la main, il indiqua une taille juste au-dessus de sa hanche.

— Maintenant, tu es un vrai jeune homme !

Était-ce d'avoir si longtemps traîné dans ses affaires, imaginé celui qui les avait laissées, parcouru ses livres cornés et joué dans ses disques, qui me le rendait familier, ou bien était-ce juste sa voix, revenue comme celle du grenier, qui me faisait me sentir chez moi ?

— J'allais passer à table. Une salade de tomates, les premières de la saison. C'est pas de chance, je comptais justement faire des courses. Des fois, je ne cuisine que pour ça, parce que je me dis : "C'est peut-être aujourd'hui que Joseph va passer..."

J'essayais de comprendre pourquoi ces paroles incroyables ne m'étonnaient même pas, quand Mammò jeta un froid :

— C'est gentil, mais on ne restera pas déjeuner !

Je me souviens de cette phrase comme du début d'un rêve, de son visage, qu'en me retournant, je trouvai sombre et flou, de ses mains cramponnées au rebord de la table où nous étions assis, de cette cuisine, cet océan de lumière où nous avions trouvé refuge contre le vent, de l'ombre qui avec ces mots y était apparue.

— Comment ? s'étonna monsieur Paul, je pensais qu'il voudrait parler de...

— Non, coupa-t-elle, on n'est pas là pour ça ! On ramène juste quelque chose, après on s'en ira. Allez, Joseph, donne le mot !

Je sortis le papier de ma poche, le dépliai, et le tendis à monsieur Paul en disant :

— J'ai trouvé ça pour vous.

— Pour moi ? dit-il en avançant une main qui ne tremblait pas encore.

Mais, à peine eut-il reconnu l'écriture qu'il se mit à pleurer. Quand il eut fini de lire, son poing s'écrasa sur la table.

— Des triangles roses ! Voilà ce qu'ils voulaient qu'on porte. Nous marquer pour mieux nous reconnaître, avant de nous...

Là, il se tut et enfouit son visage dans la feuille. Une pendule, quelque part, égrena les secondes, puis, se reprenant, monsieur Paul demanda :

— Dis-moi, Joseph, tu l'as trouvée où cette lettre ?

Et comme si j'avouais une faute, je répondis :

— Dans le grenier... dans la pochette d'un disque.

— Un disque ?

— Oui, dans une grande enveloppe. Le mot était dedans.

— Pas possible ! fit-il.

— Pourtant, c'est là que je l'ai trouvé ! insistai-je.

— Je te crois, Joseph. Je te crois... Ce n'est pas ce que j'ai voulu dire. Ça m'a juste rappelé quelque chose.

Et s'accroupissant près de moi, il commença à raconter :

— J'avais des amis, Joseph, un petit groupe d'amis, c'était avant la guerre, nos meilleures années... Nous étions musiciens, de vrais bons musiciens, rencontrés au conservatoire, et unis... par toutes sortes de liens. Quand une tournée ou un concert éloignait l'un de nous quelque temps, nous avions une habitude, une jolie habitude : on s'envoyait des disques. Des disques, oui, pas des lettres comme tout le monde. Nous n'étions pas tout le monde. Des disques, avec parfois des mots cachés à l'intérieur. C'était notre truc, notre truc à nous, le moyen de dire à l'autre qu'il nous manquait et qu'on pensait à lui. Tu comprends, Joseph ?

Je fis signe que oui, et il demanda :

— Et l'enveloppe, tu sais si elle venait de Suisse ? Dans le mot, il est écrit Lausanne, mais on aurait très bien pu l'expédier d'ailleurs.

— Oui, "Lausanne, 11 février 1941", c'est ce que disait aussi le tampon, je le connais par cœur.

— Alors, c'est un miracle qu'elle soit arrivée malgré tout.

— Pourquoi ça ? demandai-je.

— Elle a dû traîner longtemps avant de partir pour Bastia. Postée en pleine guerre, tu imagines ?

— Je n'y avais pas pensé !

— Certaines lettres ont mis des années à arriver, et d'autres, à ce qu'il paraît, sont encore en chemin, comme des bouteilles à la mer.

— J'imagine, répondis-je en songeant à celles que nous avions déjà trouvées. Je me demande quand est-ce qu'elle est arrivée chez nous.

— Après mon départ. C'est certain ! affirma monsieur Paul avec assurance.

— Et comment elle a fini dans le grenier ?

— Ça, c'est moi ! dit Mammò.

Et nous la regardâmes, stupéfaits.

— Vous ?

— Oui, moi. J'ai réalisé en vous écoutant, je me suis souvenue... Du courrier... du courrier pour vous, il en est arrivé après votre départ. De grandes enveloppes. Quatre ou cinq tout au plus. Je n'avais pas d'adresse où les faire suivre, vous n'en aviez pas laissé. Alors, pour voir si c'était important, j'en ai ouvert une ou deux. Et ce n'était que des disques... Longtemps, ils ont traîné dans l'appartement, et puis un jour j'ai tout monté. Si j'avais su...

— Comment auriez-vous pu ? chuchota notre hôte dont les yeux tristes semblaient des lampes projetant ses pensées sur les murs.

Il revoyait tout, le pauvre : la main aimée à laquelle il reste juste assez de force pour achever d'écrire et plus assez pour replier le mot ; celle, anonyme, qui le fait à sa place et qui, pour satisfaire la dernière volonté du mourant, trouve n'importe quel disque pour le glisser à l'intérieur, et le disque dans l'enveloppe, et l'enveloppe dans la boîte ; les doigts qui la retrouvent derrière le meuble où elle avait glissé ; la main du facteur fouillant dans sa musette ; de Mammò qui ne savait pas ; la mienne déchirant le papier ; enfin la sienne, portant la lettre à ses yeux où les images se brouillent dans les larmes.

— Ça veut dire quoi "CA.S", demandai-je alors, les initiales en bas du mot ?

— Charles-Antoine Speer, fit monsieur Paul tout en s'essuyant les yeux. Je crois que ça fait mille ans que je n'ai pas prononcé son nom.

Mammò se leva :

— Allez Joseph ! On doit partir. Sbacò ne va pas tarder. On a fait tout ce qu'on devait faire.

— Mais... Mammò ! protestai-je.

— Mais rien, mon amour ! Tout ça... ce n'est pas pour les enfants. C'est des histoires d'adultes, des histoires d'hommes !

— "Des histoires d'hommes !" fit monsieur Paul en hochant la tête. C'est curieux de le présenter comme ça. Oui, après tout, pourquoi pas ? "Des histoires d'hommes", on peut dire comme ça.

Et Mammò ne sut quoi répondre...

— Joseph ! dit-il alors.

— Oui ?

— Joseph, tu sais ce que je suis ?

— Oui, ai-je répondu. J'ai deviné. Enfin... C'est comme si je l'avais toujours su, vous êtes... Vous êtes un ami.

— Merci, merci Joseph, murmura-t-il.

Et, oubliant Mammò, il poursuivit son histoire :

— Ils l'ont pris à Mulhouse ! Il était allé voir sa mère. Lui ne pouvait tromper personne. Ils l'ont ramassé dans la rue, emmené au commissariat et se sont défoulés sur lui. Sur lui, le pédé ! C'étaient de "bons Français", pas des Boches...

Dehors il était midi, et le soleil écrasait tout, mais pas dans cette cuisine ; ici, une ombre gigantesque s'apprêtait à toucher l'horizon. Mammò la connaissait cette ombre, elle l'avait vue approcher et cherchait à la fuir :

— Ça suffit ! dit-elle, avançant vers notre hôte, cherchant son épaule ou son front pour y poser la main.

Une angoisse folle étreignit ma poitrine et je m'interposai, repoussant le bras de Mammò.

— Pas ça ! hurlai-je.

Et l'ombre toucha l'horizon.

— Joseph ! Qu'est-ce que tu fais ? cria Mammò.

— Il doit parler ! Je le sais.

— Joseph !

— Pardon...

Elle ferma les yeux, et je jurai la voir grandir, jusqu'à toucher le plafond. Puis, ses épaules retombant lentement, elle retourna s'asseoir, sans un mot.

Autour de nous voletaient des cendres, je n'en fis pas grand cas, et demandai à monsieur Paul de continuer. Il paraissait s'être réfugié loin d'ici, hors des murs. Pourtant, sans que rien ne trahisse son retour, il reprit :

— J'ai fait la route depuis Paris, mais je n'ai pas pu le voir, les autres, ils n'attendaient que ça. Ayant chopé la reine des folles, ils espéraient les ouvrières. Deux semaines entières, ils l'ont gardé, lui et beaucoup d'autres, ils parlaient de les déporter. Dix fois, vingt fois par jour, je suis passé devant ces portes sans avoir le courage d'entrer. Ça n'aurait servi à rien, sauf à finir avec lui, sauf à calmer la douleur obscène d'abandonner mon ami. Et puis, un matin, on m'a contrôlé. C'était un flic à bicyclette, une hirondelle à cape noire. Je songe à m'enfuir mais il a mes papiers. Et quand je m'attends à ce qu'il me demande de le suivre, je le vois se pencher vers moi et chuchoter : "Tu traînes trop par ici. On t'a repéré. Va-t'en avant qu'ils ne t'attrapent !" Et il me rend mes papiers. Et je fuis sans me retourner. Pas jusqu'au coin de la rue, pas même jusqu'à Paris, jusqu'au bout du monde, le bout du monde d'alors, aussi loin que je pouvais aller, à Bastia, rue Saint-Joseph, où ma mère possédait un appartement. J'avais toujours dit, sans jamais trop y croire, et j'en rigolais avec Charles et les autres, que si les affaires tournaient mal, c'est là-bas que j'irais me réfugier. Je ne me doutais pas que ça viendrait si vite. Si j'en crois la lettre, je venais d'y arriver quand ils l'ont relâché. Tellement amoché, affaibli, qu'il dit être tombé malade. Il ne précise rien, tu as lu, toi aussi, il dit juste qu'il va mourir, mourir en Suisse, où des amis l'ont fait passer. Quels amis ? Je n'en sais rien. Et pourtant, j'ai cherché, après la guerre. Nous étions nombreux à chercher quelqu'un. Tu sais ce qui est étrange ? Même en ayant lu la lettre, j'ai encore l'espoir qu'il ait pu survivre.

— Non, répondis-je, il ne faut pas. Il est mort.

Monsieur Paul me dévisagea. Incrédule tout d'abord, puis, finalement, apaisé, presque mélancolique.

— Tu ressembles tellement à ta mère, me dit-il. Tu as ses yeux.

— La forme, pas la couleur, répondis-je. Maman a les yeux marron, les miens sont vert-de-gris. Elle me le dit toujours : "La couleur du temps qui passe".

— Non, pas ta..., fit-il marquant un temps d'arrêt.

Et, la bouche grande ouverte, il se retourna vers Mammò, avant de murmurer pour lui-même :

— Il ne sait pas... il ne sait toujours pas.

L'instant d'après, il laissa éclater sa colère :

— C'est ça, hein ? C'est ça ! Bien sûr que c'est ça ! Voilà pourquoi vous vouliez partir. Vous ne comptiez pas le lui dire... Jamais !

Et puis il ajouta :

— Pourquoi venir alors ?

Mammò ne répondit pas, ne bougea pas, n'était plus là.

— Très bien, dit-il, j'ai compris. C'est à moi de le faire. Vous êtes trop lâche pour ça...

Je savais à ce moment-là. J'avais déjà compris. Mais quand il a dit : « Joseph, je dois te dire quelque chose... », une eau glacée coula en moi, figeant les battements de mon cœur.

— Joseph, je dois te dire quelque chose, te raconter une histoire... L'histoire d'une amie... Tu dois savoir... Certaines phrases, tu sais, je les connais par cœur à force de les répéter. Tu n'étais juste pas là pour les entendre, c'est tout. Viens, rasseyons-nous un peu.

Il tira une chaise pour moi et, rapprochant la sienne, il recueillit mes mains gelées.

— Dans notre groupe, dit-il, il y avait une fille, acceptée parmi nous, mieux que ça, adoptée, pour la seule raison qu'elle était unique. Une femme comme un tourbillon, accélérant le monde autour, le rendant plus drôle, plus intelligent, plus beau. Elle était magnifique, avec des yeux vifs qui paraissaient voir en toi pour te dire : "Toi, je te connais, inutile de faire semblant." Et si elle disait ne pas croire en Dieu, elle le trouvait en chacun de nous : petite flamme sur laquelle elle ne cessait de souffler. Pour nous, c'était une sœur, une mère aussi, soucieuse et attentionnée comme elle l'était pour son propre fils. Oui, elle avait un fils... D'un Russe, de passage à Paris, elle avait eu un enfant. Elle l'avait choisi lui parce qu'il était très beau mais aussi parce qu'elle avait lu dans ses yeux qu'il mourrait bientôt. Et elle avait trouvé ça trop injuste. L'enfant, un garçon, elle l'avait appelé Mikhaïl, en l'honneur de Lermontov, le poète russe, mort lui aussi très jeune, dans un duel. En plus de rappeler les origines de son père, ce prénom, comme un talisman, était censé protéger l'enfant contre je ne sais quelle malédiction familiale. L'officier d'état civil avait refusé, et finalement elle avait dû l'enregistrer en tant que Michel, mais pour nous tous, il était Mikhaïl, un gamin taciturne qu'elle trimbalait partout, caché derrière son violoncelle. Pour son second fils, quelques années plus tard, ce fut autre chose, elle était amoureuse, mais le père, lui, était marié. Tu es jeune, Joseph, mais ton regard est vif, c'est pour ça que je te raconte les choses comme elles étaient vraiment.

D'un mouvement de tête, je lui enjoignis de continuer.

— La naissance de Mikhaïl avait coupé mon amie de sa famille, son père l'avait reniée, elle ne vivait plus que de son art, mais, heureusement, son art était grand. Quand elle s'arc-boutait sur son violoncelle... Mon Dieu ! Comment te dire ? Ça fait longtemps que j'y réfléchis... Une émotion. Une émotion se dévidant comme une pelote de laine, rebondissant sur les cailloux, s'accrochant aux murs de pierres sèches, s'ébouriffant aux buissons, jusqu'au bout du chemin où l'on croyait mourir. Pour moi, c'était comme ça, d'autres voyaient une plage ou leur forêt natale, mais toujours un voyage, une plongée au fond de soi. Elle devint un secret qu'on aime à partager, des gens fortunés l'invitaient partout pour impressionner leurs amis. Elle était libre. Enfin, plus vraiment déjà, des barrières invisibles, des murs de mots, de mots hurlés par haut-parleurs, avaient transformé l'Europe en labyrinthe. Et elle, elle était juive.

« Et puis les Allemands ont piétiné la France, révélant au passage le vrai visage des gens, distribuant les rôles, ceux du traître, du lâche, de la victime et du héros. Neda, au début, resta sur Paris. Mince ! je suis impardonnable. Je te raconte tout ça sans t'avoir dit son nom.

Et il énonça lentement :

— Elle s'appelait... Neda, Neda Adler.

Puis, il poursuivit son histoire :

— Les rumeurs finirent par la chasser de la capitale, celles de la traque qui avait commencé. C'est ainsi qu'un matin de juillet 42, un jour ensoleillé comme aujourd'hui, quelqu'un a frappé à ma porte du 7 de la rue Saint-Joseph. C'était elle, son petit dernier dans les bras.

Monsieur Paul sourit en me regardant. Ce sourire me tordit le ventre.

— Elle n'avait pas oublié l'adresse de mon refuge et avait joué ça à pile ou face. Tu imagines ? reprit-il.

Je ne répondis pas.

— Elle avait laissé Mikhaïl à Marseille, chez une amie, le temps de trouver un endroit plus sûr où elle pourrait rester quelque temps avant de repartir plus loin, toujours plus loin, jamais assez... Elle paraissait inquiète en arrivant, elle craignait d'avoir été suivie. Un homme sur le bateau l'avait dévisagée, comme s'il l'avait reconnue. Je me disais qu'elle en faisait trop, mais l'après-midi même, quand je sortis faire des courses pour honorer mes invités, je reconnus l'homme qu'elle m'avait décrit. Avec sa tête de plus que les autres, son air délavé et son costume strict, il jurait parmi les gens du coin. Neda fut consternée d'avoir ramené les ennuis avec elle et voulut aussitôt repartir, mais je refusai fermement. J'avais déjà trop fui, laissé trop de choses derrière moi, je n'irais plus nulle part, et je parvins à la convaincre qu'ici mieux qu'ailleurs on saurait la rendre invisible. Le soir même, on a aménagé un coin dans le grenier pour elle et le petit au cas où on subirait une descente. La porte menant là-haut, on l'a fait disparaître derrière une grande armoire dont on a scié les pieds afin qu'elle repose sur le sol. Quant à la trappe, Neda relevait l'échelle quand ils allaient dormir, et je la dissimulais à l'aide d'une tenture suspendue au plafond. Pendant ce temps-là, loin de nous oublier, l'autre se rapprochait. Pourquoi l'avait-il suivie ? L'avait-il vraiment reconnue ? On ne le sut jamais. À la vitesse à laquelle on le vit débouler dans la rue Saint-Joseph, écoutant discrètement les conversations et posant des questions, je compris qu'il avait ses réseaux. Les miens se révélèrent en retour, même si, à ce moment-là, j'ignorais jusqu'à leur existence. Ils m'apparurent comme les secrets ici se dévoilent; comme on retourne une réussite sur une table. Il a suffi d'une phrase pour voir changer le regard de ma tante : “J’ai un souci”, ai-je dit. Et elle m’a observé avec plus d’attention. Quand j’eus fini de parler, après avoir tout dit de Neda, de mon devoir de la mettre à l’abri, je n’étais plus le neveu excentrique avec ses manières et son accent pointu, j’étais redevenu un homme, un homme de son sang. Le lendemain, son fils Étienne, mon cousin, s’est présenté à ma porte et m’a dit : “Moins tu en sauras, moins tu nous mettras en danger. Fais-moi confiance, on les protégera...” Et il a ajouté : “Les plus dangereux, ce ne sont pas les gendarmes, même pas les policiers. Les plus dangereux, c’est les hommes de Pétain. Même ici, certains ont fait allégeance, ils craignent tellement que Laval ne livre la Corse à l’Italie qu’ils sont prêts à tout pour plaire à cette ordure. Ils mènent la vie dure à la préfecture, lui reprochent son ‘*lascia corre*[1]’ sur les Juifs, et regardent partout comme s’ils préparaient quelque chose. Pour l’instant, ils paradent au soleil, mais ne t’inquiète pas, dans l’ombre, on est dix fois plus nombreux... Laisse-moi jusqu’à mardi pour tout organiser !”

« Ça ne se passa pas comme ça... Le dimanche matin, alors que je regardais la rue depuis ma fenêtre, la déambulation des gens se rapprochant de l’église, j’aperçus l’inconnu de Neda. Il marchait calmement, son regard balayant l’espace devant lui comme un périscope la surface de l’eau. J’étais content de voir sans être vu, de le savoir si proche et à mille lieues de nous. Mais, à peine m’avait-il dépassé, qu’un sifflement se fit entendre puis un autre. Quelqu’un le hélait, et il leva la tête. Alors, d’une jalousie entrouverte, je vis sortir une main tordue qui pointa du doigt ma fenêtre. Et je reculai, horrifié.

« Cette nuit-là, nous avons quitté l’appartement avant

1. Laisser-aller.

l'aube. Prévenu par ma tante, mon cousin avait hâté notre départ, et nous marchâmes jusqu'à Toga pour nous assurer que personne ne nous suivait. Au bout d'un moment, un fourgon nous a dépassés, s'est arrêté sur le bas-côté, et mon cousin en est sorti. Le conducteur, un homme au regard doux, a installé Neda et le petit à l'arrière, les enveloppant dans une couverture. Quand à mon tour j'ai voulu monter, mon cousin m'a barré la route en disant : "Non, pas toi ! Tu ne dois pas savoir où on les emmène. Pour leur sécurité, il a dit. Embrasse-les et rentre chez toi. Enfin... pas tout de suite, montre-toi un peu ce matin !" Protester n'aurait servi à rien. Neda est tombée dans mes bras, nous avons pleuré tous les deux, et le fourgon s'en est allé... Quand, dans l'après-midi, je suis rentré chez moi, ma porte avait été forcée.

« Longtemps, j'ai attendu qu'on vienne me prendre, mais personne n'est jamais venu...

« Deux mois passèrent. Ma tante me donnait des nouvelles de Neda et du petit, sans savoir elle-même où ils se trouvaient, ou ne m'en disant rien. Et puis un jour, c'est mon cousin qui est venu. Il était pâle, je m'en souviens très bien. Il tournait en rond sans rien dire, enfonçant le talon de sa main dans le creux de sa poitrine comme si son estomac le brûlait. Au bout d'un moment, il a fini par lâcher : "Cette fille... Ton amie... Elle n'est pas revenue." Et il raconta toute l'histoire.

« Le jour même de notre départ pour Toga, dans l'urgence, ils avaient installé Neda dans une maison abandonnée de Canari, au plus haut du dernier hameau. À leur grande surprise, elle s'y plut tout de suite, certaine d'être arrivée au bout du monde. Les gens du village prirent soin d'elle et du petit, mais Neda, n'acceptant pas l'aumône, se proposa d'aider pour les bêtes, ce qui acheva d'en faire leur protégée... Très vite, pourtant, la question de son aîné se posa. On parvint à la faire patienter, mais les échos de la rafle de Paris arrivèrent jusqu'à Canari et elle ne voulut plus rien entendre. C'était une mère, nos amis le comprenaient, mais ils savaient aussi que retourner à Marseille avec l'enfant était trop dangereux ; les autres avaient trop longtemps recherché une inconnue avec un bébé pour détourner le regard s'ils en croisaient une. Étienne proposa quelque chose. Une jeune mère, l'épouse d'un de ses amis, s'occuperait de l'enfant jusqu'au retour de Neda, son fils avait presque le même âge, et elle avait du lait pour deux. Cette solution déplut à Neda. Mais elle finit par l'accepter.

« Puis vint le jour. Pour la première fois, elle serait séparée de l'enfant. Il était si petit. Alors elle l'embrassa, renifla son odeur, le couvrit encore de baisers, et lui dit à bientôt. “Rien qu'une paire de jours, lui promit-elle, juste un aller-retour”... Étienne s'arrêta de raconter et me tourna le dos. Je suis sûr qu'il pleurait. Alors, je lui ai demandé : “Quand est-ce qu'elle est partie ? Combien de temps ? Dis-moi !” Il a répondu : “Un mois demain !” Et j'ai mis ma main sur ma bouche pour ne pas crier.

La gorge trop serrée pour continuer, monsieur Paul fit une pause, se frotta les yeux, puis reprit :

— C'est là qu'Étienne m'a demandé : “Elle a de la famille ?” J'ai répondu ce que j'en savais, ce que Neda m'en avait dit, rien du tout, juste qu'ils étaient fâchés. “Sinon, pour le petit..., a dit Étienne, mes amis..., ils peuvent le garder, tu sais... Ils s'y sont attachés... Le garder jusqu'au retour de la mère...” Et, comme je ne disais rien, il a ajouté : “Ce sont des braves gens. Ils ont le cœur sur la main mais... ils ne roulent pas sur l'or... si tu pouvais les aider... dans l'ombre... être comme un parrain pour l'enfant, ce serait bien... C'est certainement ce qu'elle aurait voulu... En attendant qu'elle revienne... Et même...

même si elle ne revient pas…" Et puis, il a juste ajouté : "Ils habitent tout près. Je te dirai où, mais ne va pas les voir tout de suite, tu risquerais d'attirer l'attention sur eux…"

« Après la guerre, j'ai pu voir le petit plus souvent, mais, peu à peu, j'ai senti leur réticence grandir à chaque fois qu'ils me voyaient arriver ; il était devenu leur enfant.

Monsieur Paul essuya une larme.

— Neda, tu l'as compris, n'est jamais revenue, je l'ai cherchée comme j'ai cherché Charles. J'aurais dû continuer plus longtemps, mais je n'en avais plus la force, c'est tout… Chaque soir, j'allume une bougie pour eux à la fenêtre de la bibliothèque, ce sont les seuls fantômes que j'accepte. C'est pour ça aussi que je suis parti. Trop de fantômes partout. Il fallait que je m'en aille très loin, où personne n'avait jamais vécu, où personne n'était jamais mort. Ça tombait bien, en plus de l'appartement et des économies d'une vie, ma mère m'avait laissé des terrains, perdus dans les collines. J'en ai vendu quelques-uns, très mal, et j'ai gardé celui-ci, sur lequel, avec l'argent, j'ai fait construire cette maison. Elle reviendra à l'enfant lorsque je m'en irai. L'appartement aussi, même si, sans le savoir, il en profite déjà…

Monsieur Paul se tut, semblant chercher quelque chose dans mes yeux… Et puis, il continua :

— Au moment de quitter Saint-Joseph, je suis allé voir cette femme, celle qui était devenue sa mère. J'ai été surpris de lui trouver quelque chose de Neda. Sa manière, je crois, de regarder l'enfant. Je me suis planté devant elle et je lui ai dit : "Votre famille s'est agrandie, prenez ces clefs, l'appartement est grand et vide. Amenez-le-moi quand vous lui aurez dit." Elle m'a regardé dans les yeux et, sans rien dire, elle a déposé un baiser sur ma joue.

Monsieur Paul ne parlait plus. Il attendait que je le fasse. Il l'attendait depuis si longtemps. D'un geste brusque, j'ai écarté sa main, du pied j'ai repoussé sa chaise, et j'ai crié « Menteur ! », tout en sachant qu'il ne mentait pas.

— Sale menteur !

Il se leva :

— Joseph, s'il te plaît, écoute !

Je le repoussai encore.

— Joseph, je sais que c'est dur, mais tu devais savoir...

— Non ! Rien du tout ! Des mensonges ! Dis-lui, toi, dis-lui qu'il ment ! hurlai-je en me retournant vers Mammò.

Elle ne broncha pas.

— Pourquoi tu ne dis rien ?

— Joseph ! supplia encore monsieur Paul, je devais te le dire ! Eux, ils n'auraient rien dit !

— Et alors ? hurlai-je. Qu'est-ce que ça aurait fait ?

Il se figea, s'effondrant sur la chaise, s'affaissant lentement sur lui-même, comme un pantin dont le fil est rompu.

— C'est vrai, après tout, souffla-t-il, je ne sais même plus pour qui je l'ai fait... Pour toi ? Pour elle ? Ou simplement pour moi...

C'est seulement là que je remarquai la fumée. Elle s'engouffrait par l'embrasure d'une porte et glissait, vive et silencieuse, dévorant le plafond.

— C'est quoi ça ? fis-je en la montrant du doigt.

Monsieur Paul leva les yeux et cria :

— Le feu ! Le feu dans la maison !

Et il s'élança dans le couloir.

Je le suivis sur quelques mètres. On n'y voyait déjà plus grand-chose, à peine, plus loin, le scintillement des flammes colorant la fumée.

— Ça vient du fond, de la bibliothèque ! dit-il en revenant vers moi une main sur la bouche. Ne reste pas là, on étouffe !

Mammò criait.

— Sors d'ici ! répéta monsieur Paul, me poussant pour me faire rebrousser chemin.

Dans la cuisine, reprenant son souffle, il parvint à me dire :

— Ça vient de prendre… On peut encore faire quelque chose ! J'y retourne pour ouvrir les volets, y a un tuyau juste derrière. Faut l'arrêter de suite, sinon tout brûlera ! Reste ici cette fois !

— Je le garde ! dit Mammò, agrippant mon épaule.

Il prit une grande inspiration et s'enfonça dans la fumée. Presque aussitôt, on entendit un craquement, puis un bruit sourd.

Nous l'appelâmes. Il ne répondit pas. Je voulus aller voir, mais Mammò me retint. C'est alors qu'on aperçut une silhouette qui marchait lentement vers nous. Avant même qu'elle ne traverse le rideau de fumée, je sus que ce n'était pas lui. Je reculai, et une vision d'horreur émergea du couloir : Félix, revenu de nulle part, une bûche à la main. Passé le seuil, il l'abandonna sur le sol et se jeta sur moi. Je n'eus pas le temps de réagir qu'il m'écrasait déjà, ses genoux contre ma poitrine, ses mains recherchant mon cou. Et il serra si fort que ma peur disparut : je savais que j'allais mourir.

La fumée passait au-dessus de nous, plus noire, plus grasse. Monsieur Paul gisait à quelques pas. Encore quelques secondes et j'aurais pu glisser jusqu'à lui, remonter le couloir et lui dire : « Réveillez-vous ! Il est trop tard pour moi, mais vous ? » J'aurais tout vu alors, son corps recroquevillé, les flammes qui avançaient vers lui. Puis, de retour dans la cuisine, j'aurais vu le dos du fou, sa nuque sale, ses bras recouverts de suie, ses mains autour de mon cou, avant même qu'il ne sache que serrer davantage ne servait plus à rien. Mammò aurait espéré encore ; je la voyais qui se battait pour le faire lâcher. C'est là que j'entendis la voix. Je l'ai reconnue tout de suite, malgré des années de patine, je ne pouvais pas me tromper :

« Accroche-toi, me dit-elle. Le voilà, il arrive !
Tiens bon, Joseph ! Je le vois ! »

Je la connaissais par cœur, cette voix. Tous les jours elle me répétait : « Attends-moi ! », « Tu vas trop vite ! », « Tu peux me porter ? ». C'était la même, différente, vieillie, mais bien sa voix quand même : la voix de ma sœur.

« Ne lâche pas ! cria-t-elle encore. Il descend
du camion. Dans dix secondes il est là. »

Ma sœur ?

« Il casse la vitre ! »

Ma sœur !

« Allez ! »

...

« La bûche ! Oui... »

Monsieur Paul est mort ce jour-là. Félix est mort ce jour-là. Et moi…

Cette histoire, souvent, je me la raconte. Jamais comme ce qu'on m'en a dit, toujours comme je connais les choses. J'ai remonté les mots comme une piste, pour revenir à ces instants. J'ai agrippé le fil d'Ariane, le même que déroulait maman. Elle le dévide, je rembobine, c'est comme un petit jeu entre nous. Je dis maman, ça m'est facile, tant de choses ont passé depuis…

Trois virages après nous avoir laissés, Sbacò vit quelque chose dans le rétroviseur, une forme sombre, détachée du camion puis avalée par la poussière. Craignant que ce ne fût la bâche, il décida de s'arrêter. Comme elle était toujours en place, il regarda derrière et se frotta les yeux pour y croire. Sur le côté, à flanc de colline, à quatre pattes, dans les éboulis, Félix fuyait. Il fuyait comme il avait provoqué la foule, comme il s'était caché sous la bâche, comme il venait de sauter du camion, selon une logique folle, connue seulement de lui, une trame impossible à suivre.

Sbacò sourit tout d'abord, imaginant les autres qui le cherchaient là-bas, mais songeant à ce qu'ils pourraient lui faire, il eut soudain pitié de lui. Alors, sans même y réfléchir, il fit un pas hors du chemin. Les bras écartés, il marcha dans sa direction, tentant de l'amadouer en l'appelant par son prénom. Félix ne voulut rien entendre et touchant une frange encore verte, il disparut sous le maquis.

Sbacò le chercha longtemps, peut-être, au début, passa-t-il

tout près, mais le fait est qu'il ne le trouva pas. Depuis la crête où il était monté, il crut pourtant l'apercevoir, mais il ne vit que la fumée ; elle flottait comme un brouillard triste en passant au travers du toit.

Revenu en trombe chez monsieur Paul, il entendit des cris. Il courut jusqu'à la fenêtre et ce qu'il vit le terrifia : Félix, démon accroupi sur moi. Du coude, Sbacò brisa le verre et sauta sur le forcené, mais l'autre s'accrochait encore. Alors il ramassa la bûche, celle qui traînait à ses pieds, et il frappa si fort que le fou s'écroula, raide mort.

Sbacò me souleva et me posa dehors, puis retourna dans la maison pour chercher monsieur Paul. Le feu entre-temps avait pris le couloir. Retenant son souffle, il tenta d'y entrer, mais la chaleur, comme une claque, le jeta à genoux. Alors, il rampa, tâtonnant dans le noir, voulant secrètement « faire quitte » avec la mort. « Une vie pour une vie ! » pensa-t-il, subtilisant cet homme aux flammes qui allaient le dévorer. Il ne ramena qu'un cadavre, un corps au crâne défoncé.

11

Joseph

Canari

On organisa une fête pour célébrer ma sortie de l'hôpital, et j'y souris si peu que ma mère en pleura. « Ça lui passera ! » entendit-on. Et chacun mit du sien pour qu'il en fût ainsi. Ce fut le plus beau des étés, on y chassa l'ennui, comme s'il s'agissait d'un intrus, à coups de plages, de fêtes improvisées, d'expéditions nocturnes ou de pêches aux supions. Tous y participèrent. Un éternel été, mais un été sans moi. J'avais bien trop laissé dans cette maison en flammes pour être juste là et rire avec les miens. On me poussait pour que j'avance, on m'appelait pour que j'aille nager, il n'y eut que mes soupirs pour traîner plus que moi. Où étais-je ? Pas ici en tout cas ; pas non plus sous les cendres. On cherchait à me retrouver et je cherchais plus que les autres. Mais tous se trompaient sur l'instant où j'étais parti. Ce n'était pas Félix qui m'avait fait disparaître ; l'abîme était là juste avant. Me serais-je débattu davantage si j'avais cru être quelqu'un quand ses mains m'avaient attrapé ? Cette question tournait dans ma tête comme l'œil noir d'un tourbillon, j'arpentais les chemins du vide ; ses rues étaient nos rues, mais elles étaient désertes ; seule demeurait maman. Je la cherchais à peine j'ouvrais les yeux, et la trouver me déchirait le cœur, et je courais, triste et joyeux, me jeter dans ses bras. Elle ne disait rien, elle avait compris, se contentant d'être elle-même pour me servir d'appui. Elle était tout.

La présence de Mammò m'était insupportable. Elle sentait mon malaise quand nos yeux se croisaient, et faisait son possible pour garder ses distances. Bien sûr qu'elle en souffrait ; ça n'était pas trop cher payé. Je lui en voulais tellement de ne pas avoir tout arrêté quand il était encore temps, de ne pas m'avoir permis l'oubli. Au lieu de ça, elle m'avait conduit vers le gouffre, cet endroit qu'elle connaissait bien, et s'épuisait, tristement impuissante, à tourner tout autour de moi.

Leur astre fatigué ne tenant plus en place, oncles et tantes s'émancipèrent, cherchant un nouvel équilibre, et l'espace d'un été un nouveau ciel naquit.

Puis vint ce matin où, cherchant toujours ma mère, j'entendis du couloir les éclats d'une dispute. La porte de la cuisine ne les contenait pas. Deux voix, l'une écrasant l'autre dont les mots souffreteux étaient à peine audibles. La première, celle qui donnait les coups, était la voix de maman. C'est pourtant elle que je vis sortir en pleurant quand la porte s'ouvrit. Je marchai jusqu'au seuil et trouvai mon arrière-grand-mère. J'eus volontiers crié sur elle, mais c'eût été souffler sur un tas de poussière.

Comme toujours, elle sentit ma présence.

— Je le lui ai dit, lâcha-t-elle. Elle l'avait deviné, mais je l'ai fait quand même. Elle en avait besoin pour purger sa colère. J'ai dit que tu savais.

Et elle leva les yeux.

— Ses mots, me dit-elle, ils sont comme tes regards. Ils me rongent. Mais je l'ai mérité. Je me suis trompée. Le mal est fait.

J'explosai :

— Pourquoi tu l'as laissé me le dire ? Pourquoi on y est allé ? Pourquoi t'as pas brûlé la lettre ?

— Tu ne comprends pas, Joseph, c'est le courage qui m'a manqué... J'ai hésité, une fois là-haut, c'est ça mon erreur ! Te faire croire qu'il pouvait en être autrement. L'aveugle m'avait prévenue de ne pas avoir peur. Et monsieur Paul avait raison, il devait te le dire. J'aurais dû l'y aider. Mais je n'ai pas pu... Ta mère m'a dit que j'avais cassé ton sourire, et qu'elle savait très bien ce que ça faisait. Pardon, Joseph... Pardon.

J'ai reculé, jusqu'à heurter le mur, et j'ai couru, aussi loin que je pouvais.

À mon retour, le soir, maman m'apprit que Mammò était partie quelques jours, qu'elle avait juste laissé un mot. Ils furent pénibles ces jours d'éclipse, une ombre bleue régnait partout, qui donnait à chaque chose l'aspect qu'elle aurait dans vingt ans.

Un matin, pourtant, elle revint pour me sortir du lit. Sa voix était solide et claire et ses yeux presque comme avant :

— Habille-toi, vite, me dit-elle, on va faire un tour !

Je lui obéis. Le mystère est un baume, il peut apaiser bien des maux, mais il n'y avait pas que ça. Je refusais de me l'avouer, mais le spectacle de sa ruine m'avait fait trop de peine, et j'étais soulagé de la savoir debout.

— On va où ? demandai-je.

— En promenade !

— Rien que nous deux ?

— Nous trois, rectifia-t-elle.

— Comment ça "nous trois" ?

— Tu verras.

Dans la rue, plus loin, appuyé contre une automobile, un homme, une casquette blanche vissée sur la tête, me fit signe quand je sortis. Je ne le reconnus pas tout de suite à cause de ses lunettes noires. Il s'en aperçut et, tout en souriant, il les retira. C'était Sbacò. Un rayon de soleil réchauffa ma poitrine. J'allai me jeter dans ses bras.

Ses mains, sur le volant, gardaient les stigmates des flammes, pourtant, il sifflotait en regardant la route ; long balcon par-dessus la mer, elle creusait la paroi tel un coup de ciseau. Nous roulions vers Canari.

Les vagues, plus bas, enroulaient leur coton tout autour des rochers, en tout cas jusqu'à Nonza où la plage grise semblait biffer la côte. Les oscillations de la route, le balancement des lacets, je crus les reconnaître ; cet air-là traînait quelque part, il ne manquait que les mots.

On arriva bientôt en pays de poussière, un incendie sans feu dévorant la falaise : « l'Enfer blanc », la mine de Canari. L'amiante volait partout, semblant sortir du sol comme une fumigation de la tête d'un pouilleux, et mille fenêtres apparurent, la façade d'un grand bâtiment. Un homme, debout sur un rocher, parut nous faire un signe, mais sa statue de sel fut soufflée par le vent.

Quelques virages plus loin, émergeant de la crête, apparut, blanc comme un minaret, un clocher sans église. L'ayant rejoint, Sbacò voulut qu'on s'y arrête pour admirer la vue ; il devint évident que ce n'était qu'un phare et la montagne noire qui, juste derrière lui, s'enfonçait dans la mer, la fin d'un continent, le bout du monde, Neda avait raison.

La route s'éleva encore, dépassant le cimetière vers le dernier hameau, et j'ai pensé : Alors, comme ça, c'est plus loin que la mort...

Plus haut, la minuscule placette où l'asphalte mourait suspendait jusqu'au temps qui passe.

— Solaro ! dit Sbacò. On est arrivés !

Nous débarquâmes, négligemment accueillis par deux poules malingres et trois vieux chiens de chasse qui n'aboyèrent même pas.

— C'est bon de se dégourdir les jambes ! fit Sbacò tout en trottinant sur place. Et vos amis ?

— Ils ne vont pas tarder, répondit Mammò, on avait dit dix heures.

— Il est... moins dix, fit Sbacò, jetant un coup d'œil à sa montre. C'est vrai qu'on a bien roulé. J'ai un peu soif, pas vous ?

De sa poche, il avait sorti un couteau et marchait d'un pas décidé vers des figuiers de Barbarie. Se jouant des épines, il trancha les baies les plus mûres, qui roulèrent à nos pieds comme de petites bombes, puis il les embrocha pour les déposer sur le plateau d'ardoise d'un muret afin de procéder à leur déshabillage. Il incisa avec dextérité, les côtés tout d'abord, puis le centre, d'un bout à l'autre, leur chair rouge brillant au soleil me faisant saliver d'avance.

— C'est prêt, claironna-t-il, servez-vous !

Et je mordis le fruit comme on boit à la source, heureux. Sbacò, visiblement, l'était autant que moi ; averti par Mammò du gouffre béant entre nous, il jouait l'auguste, suivant le rôle qu'elle semblait lui avoir donné. Mais pour ce faire il n'avait pas besoin de forcer sa nature, il suffisait qu'il soit lui-même et les clowns tristes souriaient.

Un bruit de moteur interrompit notre dégustation, et un klaxon, semblable à l'agonie d'un canard, fit aboyer les chiens et les vieux souvenirs ; un fourgon arrivait en trombe. Il freina avant la placette, faisant gicler des gravillons, puis se gara tout près de nous. L'homme au volant, je ne le connaissais pas, mais mon ventre se tordit quand j'aperçus la passagère. Du revers de la main, j'essuyai ma bouche poisseuse, et observant mes doigts, qui l'étaient tout autant, je les rangeais dans ma poche.

— Vous ? s'étonna la jeune fille, apercevant Mammò.

— Le monde est petit, vous ne trouvez pas ? lui répondit-elle. Je m'en suis rendu compte il y a seulement deux jours, quand on m'a donné le nom de votre père. Et, croyez-le ou non, mais ça m'a fait plaisir : "Tel père, telle fille !", j'ai pensé.

Et, se tournant vers le gaillard sans âge à côté d'elle :

— Monsieur Pellegrini ?

— Lui-même.

— Enchantée.

Voilà donc à quoi Mammò avait occupé ce temps où elle était partie. Je ne le compris pas tout de suite – troublé que j'étais par l'apparition de Marie –, je le devinai au fur et à mesure des mots échangés, le lisant aussi dans les yeux de cet homme qui me dévisageait plein de mélancolie, revoyant ce matin où il m'avait tenu dans ses bras pour m'installer sous une couverture.

Dans un premier temps, Mammò avait cherché Étienne, le cousin de monsieur Paul. Mais Étienne était mort lui aussi. C'est alors que les bribes d'une phrase avaient fissuré le temps : « un homme au regard doux », s'était-elle souvenue ; des mots qui lui avaient semblé étranges quand monsieur Paul les avait prononcés, curieusement accolés à l'histoire triste qu'il racontait, mais qui, justement pour cela, avaient amené de la lumière sur cet homme, le figeant dans son souvenir. Et Mammò l'avait retrouvé, cet homme : Pellegrini, le chauffeur du fourgon qui avait permis notre fuite, le seul à savoir où ils nous avaient conduits ce jour-là.

Alors, bien sûr que tout ici n'était qu'une embuscade, mais la présence de Marie recouvrait de coton les bords saillants du piège. Et au lieu de m'enfuir, je me laissai porter...

C'est ici qu'une voix de femme interrompit les discussions.

— O Pellegri !

On devinait une silhouette à travers le rideau de treille d'une invisible terrasse.

— Bonjour Jeanne, *cume simu oghje*[1] ? répondit l'épicier, faisant un signe.

— *Cum'è sempre, femu andà*[2] *!* fit la dame, passant la tête entre les feuilles. Et vous, qu'est-ce que vous faites ici ? Vous vous êtes trompé de jour, ou vous avez changé ?

— Non... juste une promenade.

— Ah, d'accord, tant pis alors !

— Pourquoi, tant pis ?

— Non, rien... *Lasciate corre*[3] *!*

— *Aiò*, dites !

— Rien, je vous dis, ne vous dérangez pas... Juste un peu de sucre.

— Vous plaisantez, madame Baldi ! Allez, descendez, vite !

— *U piu bravu site voi ! A dicu sempre*[4]. Je me dépêche alors !

1. « Comment ça va aujourd'hui ? »
2. « Comme d'habitude, on fait aller ! »
3. « Laissez tomber ! »
4. « Le plus gentil, c'est vous ! Je le dis toujours. »

Pellegrini murmura entre ses dents :

— Elle se serait vexée, si je n'avais pas fait ça, vous savez ?

Et, à haute voix, il ajouta :

— Devant saint Pierre, ce kilo de sucre fera peut-être la différence. Je m'occupe de la dame et on pourra y aller.

Aller où ? Je l'ignorais. Pellegrini fit le tour du fourgon, y entra par l'arrière et le vantail du côté se leva. L'odeur qui s'en échappa, la même que dans l'épicerie, m'attrapa de nouveau, la farine, les bonbons mollissant dans leur papier doré, le café ; mais, se mêlant à la lumière de ce matin-là, sur cette placette insignifiante, elle me ramena jusqu'à un autre matin, un matin égaré jusqu'alors, douze ans plus tôt.

Quand il en eut fini avec la dame, l'épicier, me trouvant silencieux à fixer un coin précis à l'intérieur du camion, me glissa :

— C'est exactement là que vous étiez assis, ta mère et toi, quand on est montés ce jour-là...

J'aurais pu me rebeller encore, dire que tout ça était faux, prétendre que je m'en fichais, mais il était trop tard, cette odeur, cette lumière, elles m'avaient retourné, comment me révolter contre leur évidence ?

— Viens, dit-il, il est temps mon grand, montons voir la maison !

Elle dut sembler curieuse cette procession d'inconnus pour qui la vit passer. Mammò et Pellegrini en tête, Marie et moi qui suivions, et Sbacò qui fermait la marche. Le chemin filait tranquillement, et Pellegrini fit remarquer qu'il en serait autrement quand on monterait vers Imiza.

— Imiza ? s'étonna Mammò.

— Oui, le dernier hameau !

— Mais, je croyais que c'était justement Solaro !

— Solaro aussi ! sourit Pellegrini. Le dernier hameau par la route ! C'est là qu'elle se termine. Mais, on ne va pas bien loin, chez nous, si on s'en tient à la route... Nos ennemis s'en tenaient à la route : c'était notre chance. Dire "le dernier hameau" pour parler de Solaro, c'était tirer le drap sur Imiza : le cacher sous les mots.

Et il ajouta :

— D'ailleurs, à bien vous observer, madame Fontana, je suis certain que vous connaissez ces chemins mieux que moi : ceux qui commencent là où la route s'arrête.

Mammò ne répondit pas, posant simplement sur lui un regard malicieux qu'il reçut comme la plus honnête des réponses.

À deux pas derrière, ma vie me semblait plus étrange que jamais. Je marchais vers ma mère, vers le souvenir, et le présent m'effleurait du bout des doigts, me donnant la chair de poule, quand la main de Marie, à chaque balancement de son bras, venait à frôler la mienne.

— Profitez-en pour vous rafraîchir, dit son père comme nous arrivions devant un lavoir en contrebas du chemin. Après, ça monte sec. Et puis... tout au soleil !

Avec son long bassin aux rebords inclinés où on lavait le linge, l'édifice de béton paraissait un navire en sursis, mal écopé, prêt à se disloquer sous le poids de l'eau. Je m'allongeai sur ses flancs. Ils avaient le toucher et l'odeur du savon. Je retins mon souffle et, déchirant le miroir de l'eau, j'y plongeai le visage. Cette apnée, je la voulus la plus longue possible, comme avant, sur la plage, quand, démasqué par Mammò, je me réfugiais à l'orée du monde.

Une explosion de bulles me fit tourner la tête ; deux jambes nues s'enfonçant dans l'eau jusqu'aux cuisses; celles de Marie, assise sur le rebord. J'expirai tout mon air pour aller la rejoindre, elle m'accueillit d'un sourire et, pour la première fois, je la regardai dans les yeux.

Vint la montée. Émergeant du parvis de galets de la dernière maison, le sentier escarpé semblait toucher le ciel. On aurait dit un toboggan de pierre, une cataracte asséchée. Mammò faisait son âge.

À mi-pente, sur notre gauche, une terrasse, au-dessus du vide, s'ouvrit comme un rêve confus : une *aghja*[1]. Nous y entrâmes pour nous asseoir dans l'herbe rase et chacun put sentir la magie de ce lieu. Protégé par le cercle de pierres, on y avait embrouillé le temps par la répétition des gestes, et bien qu'ils aient rejoint la terre, ceux qui avaient œuvré ici demeuraient dans le paysage au même titre que la mer ou les montagnes, il suffisait de fermer les yeux pour les voir, fléau à la main, s'échinant jusqu'à la tombée du jour. La pelote de Neda avait roulé ici, je pouvais voir son fil faisant le tour de l'aire, une fois, dix fois, cent fois. Je l'avais retrouvé plus bas, serpentant au milieu des fougères; fixé à un caillou par un nœud de lacet; puis remontant la pente comme une ligne de vie. Ma mère grimpait à mes côtés, le sol vibrait sous ses pas, les murets recrachaient son ombre.

La route se fit plus douce, il y eut même une descente, et apparut en contrebas, se découpant dans la brume laiteuse qui séparait le bleu foncé de la mer de celui, pâle et transparent du ciel, la silhouette dorée d'une chapelle. Mais le chemin remontant déjà, elle sembla, tout entière, s'abîmer dans les vagues.

1. Aire circulaire où l'on battait le grain.

Tout était abrupt ici, donnait l'impression de marcher sur une crête, une crête au soleil où l'on voulait rester, cherchant son équilibre en écartant les bras, une main à plat sur l'eau, l'autre sur la montagne. Et l'horizon partout, comme si, pour s'y soustraire, il eût fallu s'enfuir, reculer... et reculer encore... jusqu'à sortir du cadre, mais vous ne le vouliez pas.

Une photographie, je venais de comprendre, voilà ce qu'était ce lieu, voilà dans quoi nous nous promenions, un pays vertical accroché sur un mur. Neda l'avait reconnue cette photo, cette lumière-là colorait sa musique, c'est ici qu'elle revenait à chaque fois qu'elle jouait. Elle l'avait retrouvée ; moi aussi à présent.

Son fil courait entre les maisons du hameau ; je le suivis jusqu'à la plus haute d'entre elles, un peu à l'écart, après un raidillon, où, montant les marches, il passa sous une porte.

Les autres m'avaient laissé aller devant, Mammò les ayant retenus pour me faire de la place. Et Pellegrini dut s'étonner de me voir si facilement retrouver la maison.

— C'est bien celle-là ! dit-il quand ils m'eurent rejoint. Attendez une seconde !

Et il disparut sous l'escalier pour aussitôt réapparaître une clef à la main.

— Elle était toujours à sa place, vous vous rendez compte ! se réjouit-il en la brandissant.

Et il la confia à Mammò.

Et puis, comme si tout cela avait été convenu d'avance, nos amis se retirèrent, me laissant seul avec elle. Mais je n'étais déjà plus là – et Mammò le savait –, j'étais dans cette brise au parfum de cédrat qui frappait les visages, assis sur les lauzes du toit à contempler la mer, dans chaque anfractuosité des murs où la lumière filtrait et, passant avec elle à travers les carreaux, j'étais aussi derrière la porte. Mammò tourna la clef pour venir me rejoindre.

Je la savais posée là, sur la tablette de la cheminée, la photo de ma mère. Étrangement, son fil ne faisait qu'y passer pour mourir juste après sur le dessus d'une table.

Elle était belle, avec ses cheveux longs qui balayaient l'image ; des ombres frémissaient, une montre sonnait l'heure, un enfant dans ses bras réclamait la tétée. Elle était jeune, et dans ce square où l'après-midi finissait, résonnait un air triste que je ne connaissais pas. Elle souriait pourtant, et elle allait parler... Mais, je n'entendis rien.

Étrangère à mon trouble, Mammò me laissa faire, errer dans la photo autant que je le voulus et je m'époumonai à courir partout. J'allais, sans rien comprendre, comme un fou, revenant sans cesse à ma mère, mes mains la traversant sans pouvoir la toucher, et il fallut longtemps avant que je l'accepte : ce n'était qu'un mirage, un rendez-vous manqué, Neda n'était pas là.

Mammò me toucha le bras et je rouvris les yeux. J'étais dehors, la porte était ouverte, une seconde s'était écoulée.

Je me précipitai à l'intérieur, recherchant un endroit précis, et, retrouvant la cheminée, j'avançai lentement vers elle. La tablette était vide. Je baissai la tête.

— Joseph, tu pleures ! Tu l'entends ?

— Non, répondis-je. Ma mère... elle n'est pas ici !

Mammò tristement sourit.

— J'ai espéré..., dit-elle. Quand tu es parti devant tout à l'heure, je me suis dit : “Ça y est, il va la retrouver.” Je devais essayer, tu comprends ?

— C'est pour ça qu'on est venus ? Pour la retrouver ?

— Oui... pour ça aussi. Tu devais monter. Voir de tes propres yeux. Parler avec les gens. Mais...

— Mais quoi ?

— Viens ici... s'il te plaît.

Elle me fit asseoir à l'angle d'une table – celle entraperçue juste avant. Mais elle resta debout. La ligne de crête, elle devait la sentir sous ses pieds.

— Ces mots, à l'instant, reprit-elle, quand tu as dit : "ma mère" en parlant de Neda, j'ai toujours eu peur de les entendre, tu sais. Ils m'effraient. Enfin... ils m'effrayaient.

« Ma mère » : ces mots, ils avaient coulé comme une évidence. Pourtant, quand je les entendis, ils me firent honte, et je la suppliai :

— Ne le dis pas à maman, s'il te plaît !

— Non, mon amour, ne t'inquiète pas. C'est justement ça que j'ai mis trop de temps à comprendre. Ne t'en fais pas pour elle. Tu es son fils, personne n'y changera rien, mais vous êtes aussi deux orphelins et ça... elle ne l'oublie jamais.

— Qu'est-ce que tu...

— Dès qu'elle t'a accroché à son sein, elle a su ce qui arriverait et s'y est préparée. En une seconde, elle est devenue ta mère, tout en sachant très bien qu'un orphelin n'oublie rien... qu'il cherche toujours à comprendre... qu'il ne s'arrête jamais. Elle t'a aimé d'autant plus, et ça l'a rendue forte : prête à attendre les ombres. Moi, au contraire, la peur qu'elle souffre m'a rendue faible. Les ombres, je les ai repoussées. Depuis le jour où je l'ai soulevée pour la sortir de la chambre de Joséphine, j'ai peur que le vent l'emporte... "Une femme forte", comme ils disent quand ils parlent de moi. Mon Dieu, comme ils se trompent... Comme je me suis moi-même trompée. J'ai fait ce que me dictait mon ventre, j'ai agi parce que j'avais mal, j'ai agi parce que j'avais peur, pour vous protéger. Et j'ai menti. Pour effacer mes erreurs, qu'on continue de croire en moi, qu'on ne m'abandonne pas... Sur la dépouille de mon mari, j'ai continué à mentir. Oui, il est mort dans son lit, mais pas d'une crise cardiaque. De chagrin. Il s'est laissé mourir pour retrouver sa fille. Et moi... moi je n'ai rien pu faire. Et mon don... il n'a servi à rien. Sauf à souffrir davantage. C'est une malédiction, Joseph. Mon don, une malédiction.

J'étais près d'elle quand elle acheva de parler, je m'étais rapproché, anticipant sa chute, mais elle était toujours debout. Elle a frissonné quand j'ai touché sa joue ; personne depuis longtemps n'osait plus la toucher. Alors, recouvrant ma main de la sienne, elle a dit :

— Il y a un mensonge, Joseph, un mensonge qui me coûte plus que les autres. Le dernier. C'est pour lui qu'on est venus.

Un vent frais se leva et souffla sur nos têtes, comme si des murs autour venaient de s'effondrer.

— Chez nous, dit-elle, à Saint-Joseph, il n'est pas arrivé que des disques...

Elle plongea la main dans sa poche et en retira un paquet tout fin, qu'elle déposa sur la table ; à cet endroit précis où était venue finir la pelote de maman ; de simples lettres, tenues ensemble par un morceau de fil. Il y en avait quatre, identiques au mot près ; seules différaient l'écriture, l'adresse d'expédition et, en guise de signature, une étrange chaîne de noms.

Sur la première lettre, on pouvait lire :

Pour Joseph, de Neda Adler, via Esther Sochaczewski, via Catherine Bernard, via Louise Brun, via Nicole Samson.

Sur les autres :

De Neda à Joseph, via Esther Sochaczewski, via Léa Orowitz, via Madeleine Jacob, via Ada Rilke, via Clara Meyer.

À l'attention de Joseph, de la part de sa maman, Neda, via Esther Sochaczewski, via Catherine Bernard, via Rosa Celnik, via Maria Celnik et Elsa Krauz.

De Neda Adler pour Joseph, via Esther Sochaczewski, via Léa Orowitz, via Maria Oster, via Elsa Parisi, via Erin Jacob.

Et comme je les touchais, ces lettres, j'eus l'impression de plonger dans une grande enveloppe triste.

12

Femmes

Neda Birkenau

Comment était-elle arrivée là ? Comme toutes les autres, éblouies par un projecteur, étouffées par ces rues qui s'étaient faites plus étroites et plus longues, ces rues en pente à la Kafka où l'on marchait très vite en regardant ses pieds.

Ils avaient ri en apercevant ses faux papiers, et ri plus fort encore quand elle avait essayé de s'enfuir en courant. Une autre fois elle les aurait repérés de loin, mais là, elle errait en titubant, à moitié assommée parce que quelqu'un d'autre était venu ouvrir quand elle avait frappé à la porte de Christine – l'amie chez laquelle elle avait laissé Mikhaïl –, un inconnu, une serviette nouée autour du cou, qui l'avait menacée d'appeler la police quand elle avait commencé à poser des questions. Et, bêtement, elle s'était fait prendre...

Dans le wagon, ça sentait l'urine et la mort, alors elle a pensé à ses fils : ils sentaient si bon. Elle y pensa encore sur la rampe, quand le quai se déchira, séparant les familles. D'un côté les hommes et les femmes sans enfants, de l'autre les vieux, les mères et leurs petits. Les yeux des pères, leurs mains agrippant la nuque de leurs filles, leurs bras grands ouverts pour étreindre tout le monde à la fois, elle n'avait jamais rien vu d'aussi beau, d'aussi triste...

Elle entra dans le camp en marchant, tandis que d'autres montaient dans les camions...

Regarder la fumée et ne pas vouloir comprendre... Refuser les explications des gens qui disent savoir et qui, forcément, ont perdu la raison. Et puis, par bribes, saisir la grammaire de l'horreur, le nouveau sens des mots. Tous morts ! Les faibles, les vieillards, les mères et les enfants.

Si elle s'était laissée aller, elle aurait remonté les larmes pour voir chaque visage, son âme s'effilochant pour les accompagner, jusqu'à disparaître dans la nuit. Trop de douleur ; elle devait vivre pour ses fils ; alors, elle se ferma.

Le soir venu, elle s'effondrait sur sa couche, le temps réduit à l'épuisement des choses. Il n'était question que de ça : l'épuisement des corps, l'épuisement des rations, l'épuisement du jour...

Bientôt, les bruissements des dortoirs, les pleurs qui déchiraient la nuit, Neda parvint à ne plus les entendre. Et puis... elle croisa un visage.

L'avait-elle vraiment reconnu dans les serpentements de la file ? Elle se laissa glisser, mais on la remarqua, et elle reçut des coups. Attirée par l'esclandre, l'autre tourna la tête, et Neda put l'apercevoir : c'était elle, Christine, son amie.

Un mauvais vent souffla comme une prémonition quand

celle-ci recula et détourna le regard. Malgré les coups de schlague, Neda quitta le rang pour aller la trouver. La sentant approcher, l'autre baissa la tête, faute de mieux ; s'enfuir, c'était mourir. Neda saisit sa cheville tandis que la kapo se défoulait sur elle.

— Où est-il ? Où est Mikhaïl ? cria-t-elle.

N'ayant pas le courage d'affronter ce regard, l'autre pointa du doigt une vague direction ; quelque part vers la mort.

Est-ce dans la rage qu'elle trouva le courage de vivre, la force, dès le lendemain, de se tenir debout pour affronter la sélection ? Trop faible, tu mourais. Trop maigre, tu mourais. Enragée, tu pouvais survivre. Est-ce dans l'amour de cet autre fils qui vivait là-bas, loin de l'ombre du camp ? Mikhaïl ne risquait plus rien, il était avec elle à jamais, désormais il ne la quitterait plus, bientôt elle le rejoindrait pour de bon, mais Joseph, se souviendrait-il seulement d'elle ? Alors elle rouvrit grands les yeux, et elle imagina tout ce qu'elle voudrait lui dire.

Tous les soirs, elle répétait les mots, ils lui étaient venus comme un air de musique, un air définitif qui les contenait tous. Un air qui disait l'amour, un air qui disait le deuil, un air qui disait la joie qu'on aurait à se retrouver, comme un fil tendu par-delà la mort. Bien sûr que ça parlait d'elle, mais parler d'elle, c'était tout dire ; dire toutes ces histoires qu'elle avait écoutées, ces regards qui ne taisaient plus rien, ces femmes que, désormais, elle connaissait par cœur.

Un soir, le visage d'Esther apparut juste au-dessus de sa tête, dépassant du châlit.

— Il est beau ton poème, Neda. Il me touche. Tu voudrais bien me l'apprendre ?

— Ce n'est pas un poème, répondit Neda, je parlais à mon fils.

— À Joseph, c'est ça ?

— Oui, à Joseph.

— Et, il t'entend ?

Neda sourit dans la pénombre.

— Tu crois pouvoir le lui dire un jour ? Je veux dire… pour de bon, insista Esther.

— Qui sait ? répondit Neda.

Et la tête d'Esther disparut.

Le lendemain, à peine Neda commença-t-elle à réciter, qu'Esther l'interrompit :

— On dirait une prière, tu sais.

— Je n'ai jamais cru, répondit Neda.

— Moi si ! fit Esther. Et je sais que ces mots-là sont une prière. Apprends-la-moi, s'il te plaît !

Les soirs suivants, Esther répéta les mots.

— Ton petit, c'est impossible qu'il n'entende pas ça ! Je vais te faire une promesse.

— Une promesse ?

— Oui, une promesse. Si par malheur tu ne devais pas…

Elle s'interrompit.

— Vas-y, n'aie pas peur, fit Neda, nous savons toutes où nous sommes !

— Oui, tu as raison, nous le savons, acquiesça Esther. Je voulais dire… si jamais je te survis. C'est moi qui irai porter ces mots à ton fils.

Neda lui embrassa les mains.

Le typhus l'emporta un matin de janvier, ou bien était-ce

de mars, nul ne savait plus vraiment. Esther fit ce qu'elle put pour tenir sa promesse, mais sentant elle-même ses forces décliner, elle raconta l'histoire de Neda à d'autres, et les mots récités firent couler bien des larmes où une peine infinie se mêlait à la joie.

Cette histoire, Esther leur fit promettre de la raconter à leur tour, pour que ces mots ne s'oublient pas ; les faire jurer était inutile tant la peur de l'oubli ne les quittait jamais. Esther connaissait l'adresse où celles qui reverraient le jour devaient faire parvenir les mots. Et toutes apprirent le nom d'un certain monsieur Paul, habitant au 7 rue Saint-Joseph, à Bastia. Esther mourut bientôt, mais, dans la nuit du camp, bruissait une rumeur : de petits mots roulants, bousculant des cailloux, une histoire déroulée passant de fille en fille, qui les racontait toutes en racontant Neda.

...

Je voulais raconter l'histoire d'un enfant. D'un enfant qu'on a caché à Canari, parce que le vent, là-haut, emporte les rumeurs. À tel point qu'il a oublié qui il était, qu'on le lui a fait oublier, par amour.

De la vraie histoire des Juifs de Canari, des gens qu'on a éloignés du regard de leurs bourreaux, je ne connais que ce qui reste dans les têtes, comme un conte de fées qui m'enorgueillit parce que Canari, c'est aussi le village de ma mère. Cela me donnait-il le droit d'écrire ?

Et puis, je les ai imaginés, dans ce cap Corse qui, lui, m'appartient : des enfants, de simples enfants, des pères inquiets mais silencieux, des mères...

Tant pis si mes histoires s'emmêlent...

13

Joseph

Mammò

Il faisait presque jour quand Mammò ouvrit les yeux. Elle alluma la lampe de chevet et demeura de longues minutes à regarder les photos sur le mur face à elle, celle de sa « pauvre fille », de son « pauvre mari », et l'expression « pauvre », comme toujours, lui fit beaucoup de peine.

Elle chassa ces mauvaises pensées – ce n'était pas le jour – et fit un brin de toilette avant de s'habiller pour sortir. Elle allait tirer la porte derrière elle quand l'irrépressible envie de nous voir la poussa à revenir sur ses pas. Elle marcha jusqu'à la chambre du fond et resta un moment à nous regarder dormir. J'étais là, allongé contre maman. Ces temps-ci, je la rejoignais souvent pour finir la nuit lorsque papa partait faire sa tournée et, pour m'endormir, je gardais près de moi un vêtement imprégné de son odeur ; juste à côté des lettres de Neda.

Mammò recouvrit l'épaule nue de maman, effleurant ma cheville qui dépassait du drap. J'ouvris les yeux.

— C'est pas cet après-midi qu'on y va ? grognai-je.

— Si, mon cœur, rendors-toi ! répondit Mammò.

Et comme elle se tournait pour partir, je l'arrêtai :

— C'est bien qu'on y aille tous les trois !

— Je suis contente aussi.

— Sbacò ! dis-je encore. C'est lui qui devrait lire la lettre de ma mère sur la tombe de monsieur Paul.

— Tu as raison, mon amour. Allez, rendors-toi !

Ma tête retomba sur le traversin, et avant que mes yeux ne se ferment, j'eus tout juste le temps de demander :

— Tu vas où ?

Et Mammò répondit :

— Nulle part, mon amour. Une dernière chose à faire...

Ces instants, je les ai mille fois reconstruits, jusqu'à trouver les bonnes combinaisons ; celles qui fonctionnent, qui éclairent un coin d'ombre, me réchauffent quand chaque élément s'imbrique pour former une histoire. C'est mon jardin, mon héritage, l'endroit où je suis enfermé, mon don ; je suis du Passé.

Elle aurait dû prendre par la place d'Armes et le boulevard Gaudin jusqu'au palais de justice. Un autre jour, Mammò l'aurait fait : pas aujourd'hui. S'enfonçant dans la rue Colonella, elle ralentit le pas devant un certain bâtiment et tendit la main gauche pour caresser la façade, les pointes du crépi égratignant sa peau.

Rue Saint-Angelo, les passerelles au-dessus de sa tête qui rejoignaient les jardins et faisaient de la campagne une simple arrière-cour ressemblaient à des ponts vénitiens. Boulevard Giraud, de grandes maisons bourgeoises émergèrent des bougainvilliers. Plus haut, au croisement, le pont de Cardo apparut sur sa gauche. Elle prit à droite en direction de Ville[1].

1. Ville-di-Pietrabugno.

La route montait encore, il faisait chaud. Une voiture s'arrêta, son conducteur se proposant gentiment de la rapprocher. Elle refusa poliment, prétextant un chemin de croix ; il fallut encore une demi-heure pour arriver à destination. En contrebas, la villa blanche ressemblait à un mausolée.

Elle s'était persuadée de devoir tambouriner à la porte pour le sortir du lit, pourtant elle le trouva debout, l'apercevant à travers le portail ouvert, qui fumait une cigarette dans le jardin. Quand il la vit, le docteur se figea ; il ne l'attendait plus. Elle glissa en silence et se planta devant lui, observant ses mains, juste ses mains ; ces mains qui s'étaient trompées...

Le docteur frictionna sa joue douloureuse et Mammò repartit comme elle était venue. Aucune parole n'avait troublé le calme du jardin. Juste un bruissement, une éclaboussure, la giclée d'un verre d'eau pour éloigner un chat. Un pardon.

...

Elles remontent du sol, se mêlent, tournent avec le soleil, comblent nos vides, nous hantent. Étonnantes, vraisemblables, inventées, certifiées, corrompues, essentielles ou futiles... Les histoires.

Remerciements

À Vannina, pour tout.

À Joëlle Losfeld pour sa confiance.

À Bénédicte Giusti, Marie-Paule Durand et Stéphane Pastinelli pour leur soutien sans faille.

À Chiharu Shiota pour avoir inspiré le rêve de Lucia. * *The Key in the hand*, Biennale de Venise 2015.

À Lyvia, Simon et Julien, qui sont de ma famille.

Composition : PCA
Achevé d'imprimer
par CPI Firmin-Didot
à Mesnil-sur-l'Estrée, en juin 2020
Dépôt légal : juin 2020
Numéro d'imprimeur : 158580

ISBN : 978-2-072-88771-0/Imprimé en France

364084

Bastia, 1954 : Joseph, un garçon de douze ans, pense devenir fou quand des voix s'invitent dans sa tête... C'est le début d'un jeu de piste avec certains objets qui lui parlent et l'attirent. Secondé par Mammò, l'arrière-grand-mère sage et révérée qui accepte son don comme une bénédiction, Joseph se plonge corps et âme dans la résolution des mystères familiaux par l'entremise d'un anneau perdu, d'une vieille photo oubliée ou d'un disque remisé dans un grenier.

Différents narrateurs, à différentes époques, prennent en charge le récit et éclairent l'histoire d'un jour nouveau. Les thèmes du roman sont multiples. Le don et la distance qu'il implique quand il vient toucher un enfant au hasard. L'amour bien sûr, et la force des femmes. Mères, sœurs, amantes, elles s'affirment au fur et à mesure comme les véritables héroïnes du roman. Des femmes fortes, aux histoires singulières, qui s'agrègent pour n'en faire qu'une. La véritable trame du livre. Parmi ces femmes, il y a Mammò. Mammò, qui a un secret. Joseph, pour le découvrir, devra arpenter des rues où plane encore l'ombre des deux guerres.

JEAN-MARC GRAZIANI est né, vit et travaille en Corse. *De nos ombres* est son premier roman.

joellelosfeld@yahoo.fr 20-VIII LO 0093 ISBN 978-2-07-288771-0 18 €

9 782072 887710